給食のおにいさん　受験

遠藤彩見

幻冬舎文庫

給食のおにいさん　受験

目次

1章　ドレスコード

1

禁じられた扉。そんな風に見えるのは、白地に金で蘭の紋章が型押しされているからだ。汚さないように指先を調理服で拭ってから、佐々目宗《さ さ め そう》はパンフレットをそっと開いた。

水を弾きそうな硬い上質紙の中表紙には、正面に十字架を掲げた建物の写真が載っている。その上に、クラシックな明朝体で「白蘭《びやくらん》女子学院中学校」と記されている。緑豊かな敷地に連なる、モダンなコンクリート造りの校舎、白い壁に七色の光を落とすステンドグラス。そして、グレーの制服を身につけた少女たち。優雅な画像に不似合いな、嗄《か》れた声が前方から響く。

「そこの給食費、年間、十五万円」

「十五万円⁉」

空になったミネラルウォーターのペットボトル、乾き始めたグラス跡、丸まった付箋紙《ふせんし》。会議テーブルの上の、白熱した長い会議が残した痕跡の向こう、ぽってりとしたシェフの制服へと目を上げた。

ホテル・マイヤーズ東京は、五十二階建てビルの高層部に位置する。その四十階にある会議室の窓外、初秋の晴天を背にする上座に、四十代半ばの坊主頭が、体を投げ出すように座っている。総料理長、そして日本有数のシェフである、窪益巳《くぼますみ》が、紙パックのコーヒー牛乳を飲みながら「高いよな」と笑う。

「初年度だけで、学費と諸経費で二百万円近く。それを払える家の子が行く学校だから」

少し離れて、窪より年齢も体重も少しずつ下のシェフが付け足す。佐々目が働くメインダイニング・サブラージュの料理長、寺地《てらじ》正貴《まさたか》だ。

「公立の小学校の三倍近いですね……」

頭の中で、自然に計算していた。窪が紙パックに挿したストローから、唇を離す。

「さすが、元、給食のおにいさん」

一年半前、三十歳の春まで、佐々目は臨時給食調理員として働いていた。ホテルと同じS区にある区立若竹《わかたけ》小学校の給食調理場で、三百人の子どもたちに給食を作っていた。その自分と、給食費が年間十五万円の学校。呼ばれた理由を、おぼろげに察した。

「ここ、ホテル給食の学校ですか？」

社員用エレベーター前の掲示板で見た、社内報の記事を思い出す。

この春から、ホテルの飲料部門が給食事業に参入した。私立学校に向けて、ホテルメイドの給食を提供するのは、宴会部に設けられた「給食課」。選《よ》りすぐりのスタッフが半年にわたる研修を受け、全国学校給食協会のお墨付きをもらって出陣した。監修は総料理長の窪。調理法も食材も、できうる限り上質なものにしたという。それだけに「お嬢様学校のグルメ給食」と注目を集め、新聞やテレビでも取り上げられた。

「それなのに」

窪が逆向きにまたがったキャスター付きの椅子で床を蹴って疾走《しっそう》する。「お嬢様たちが」とブルドッグ顔が佐々目に迫り、不気味な少女声の物真似が続く。

「ホテル給食なんていやよ、食べたくない」

「食べたくない？」

「生徒たちへのアンケートで、八割の回答が『元の自由食に戻してほしい』って」

寺地がまた補足してくれる。自由食というのは、持参の弁当や売店で買うパンのことだという。「弁当やパンの方がいいんですか!?」と聞き返すと、ブルドッグ顔がやけくそのように「そうだよ！」と吠《ほ》えた。

「そこでだ」

窪が重そうな瞼《まぶた》の隙間から、佐々目を睨《にら》む。まさか、と身がすくんだそのとき、聞き覚えのある声が会議室に響いた。

「遅くなってすみません」

宴会部の部長が丁重に押さえたドアから、細身の男が入ってくる。がつっ、と佐々目が座っている椅子の肘掛《ひじかけ》が、会議テーブルにぶつかった。驚きで体が跳《は》ねたからだ。

一年半ぶりに見る子犬顔が、会議室の入り口から佐々目を見ている。

「お久しぶりです」

毛利恵太《もうりけいた》がビジネスバッグと、膨れ上がった大きな黒のナイロンバッグを手に、佐々目にも頭を下げる。

ベージュのジャケットの下は、白いシャツにグレーのパンツ姿。短い髪に黒目がちな目。若竹小で見ていたのと同じだ。細身の体は心なしか、前よりも少し痩せたように見える。寺地は立ち上がって毛利に頭を下げ、窪は「どうも、毛利先生」と片手を上げる。

なんで窪と毛利が、と聞きかけて思い出した。佐々目がホテルの社員募集に応募したとき、推薦状を書いてくれたのは、上司の毛利だった。窪もそれを覚えていて、毛利に連絡を取ったという。

——S区初の栄養教諭。

休憩室に置いてある新聞の地域欄で見た、毛利の記事が脳裏に浮かぶ。

まだ東京都内で六十人弱しかいない栄養教諭となった毛利は、今や、若竹小をベースに、S区内の小学校四校の指導にあたる、食育のエキスパートだ。

「毛利先生に、ホテル給食を救ってもらうことにした。優秀な栄養教諭だっていうし」

ねえ、とにじりよる窪の目の前に、どん、と毛利が箱を置いた。

「今日は、これを返しに伺っただけです」

二つ、三つ、と積まれる箱は、ホテルの包装紙でラッピングされた宅配便だ。缶詰やドレッシング、焼き菓子など、ホテルメイドの贈答品だろう。

「電話でも言いましたけど、こういうのを送っていただいても僕、受け取れません。公務員ですから」

箱を積み終えて頭を下げた毛利に、「そんな」と窪が迫る。

「栄養教諭の研修先、白蘭女子学院にしてよ。で、給食改革。白蘭、若竹小学校と同じ、S区にあるからちょうどいいじゃん」

二年目の秋を迎える毛利は、九月の連休明けに外部の給食施設へ研修に赴くのだという。パンフレットをめくり、所在地の地図を見た。「し」の字の形をしたS区の、一番上にホテルが、一番下に若竹小があるが、ちょうど双方の真ん中に位置する。

「繰り返しますが、僕はホテル給食のお役には立てません」

——え!?

佐々目の視線を避けるように、毛利が深々と頭を下げた。「このお話はもう」と、空になったナイロンバッグを畳み始める。毛利さん、と、気づくと声を上げていた。

「毛利さん、何とも思わないんですか？　ホテル給食のこと」

椅子を蹴って立ち上がると、顔を上げた毛利が短く佐々目を見た。

「僕よりもっと、適任の方がいます」

「気にならないんですか？」

帰ろうとバッグを持ち上げる、毛利の腕を押さえた。こんなはずはない。一年半前の毛利なら。

「日本の給食は、世界最高レベルだっていいます。ホテル給食は、その日本で技術と贅《ぜい》を尽くした、きっと世界で一番の給食です。それなのに、お嬢様たちに……生徒たちに食べてもらえないんです」

かつて毛利は、アフリカの給食のことまで憂えていた。なのになぜ、ホテル給食に対しては、こんなに冷淡なのか。

「毛利さんは、給食のためなら何でもやるんじゃないんですか？」

顔を覗き込むと、毛利が佐々目の顔を、はじめてまっすぐに見上げた。

「僕では、力不足なんです」

柔らかい口元が、見覚えのある「へ」の字を描いている。本気で言っているのだと、返す言葉に詰まったとき、「大丈夫！」と窪の力強い声が響いた。立ち上がった窪が、がっちりと太い腕を毛利の肩に回す。怯《おび》えたように身を引く毛利を、すかさず引き戻す。

「毛利先生、宗も、お供するから。ね？」


——毛利は何で、断ったりしたんだろう？

九月の連休が明けた日の朝、駅から乗ったバスを三つ目の停留所で降り、ゆるい坂道を上りながら考えた。

道沿いのフェンスは木立で視界が遮られ、上には三重に有刺鉄線が張り巡らされている。その向こう、Dの形をした白蘭女子学院の敷地内にいる、幼稚園から高校までのお嬢様たちを守るためだ。

Dの字の下部にガードマンの立つ正門があり、入ると、Dの膨らみに沿って建物が三棟並ぶ。三階建ての中学校と高校、その二つを真ん中にある五階建ての本館が結ぶ。

本館から中学校舎に入ると、校長室、職員室、三階まで吹き抜けの正面玄関が並んでいる。そして事務室、保健室の向こうの突き当たりが「給食室」と呼ばれる調理場だ。手前にある、調理員専用の小さな休憩室に入った。壁際にロッカーと小型冷蔵庫が並んだ、四畳ほどの空間だ。

「おはようございます」

室内の中央のテーブルで、すでにロング丈の白衣を着て衛生帽を被った子犬顔が、読んでいた雑誌から顔を上げた。

佐々目がお供することになったからか、それとも窪の頼みに負けたか、毛利は結局、研修先を白蘭女子学院中学校に決め、食育と給食調理に参加することになった。若竹小の給食管理などの仕事があるので、毎日ではない。それでも、これから八週間、また同じ給食の現場で過ごすことになったのだ。

とりあえず挨拶を返し、ロッカーに荷物を入れた。しん、と静まり返った休憩室に、さら、さら、と毛利がページをめくる音だけが響く。

「何、読んでるんですか?」

テーブルの上には、見たことのない雑誌が数冊置かれている。毛利が見ている誌面は、ポーズを取る少女モデルの写真とカラフルな細かい文字で埋め尽くされている。表紙には『リコラ』とタイトルが記され「女子中学生のファッションバイブルナンバーワン!」とキャプションが躍《おど》っている。

「中学生の指導は不慣れなので、参考にと」

子犬顔がファッションバイブルに目を戻す。一応、やる気はあるようだ。なぜ窪の依頼を断ったのか、ますます分からなくなる。とりあえず、グレーのブルゾン、黒のTシャツとパンツから、ホテルのネーム入り制服に着替えた。

「いいんですか？」

ロッカーの鏡の前で帽子を被っていると毛利の声がした。振り返ると毛利が、雑誌から佐々目へと顔を上げたところだ。

「ホテルの仕事があるのに、給食の調理現場に来たりして」

毛利の問いで、帽子を被る手が止まった。鏡の中の自分と、プリーツが寄った純白の調理帽を見つめた。

半年前、メインダイニングで働き始めて一年目の春に、コミと呼ばれる雑用係から、ポワソニエ、魚担当に「進級」した。周りの調理師たちとも、なんとか打ち解けることができた。一年半かけて、やっと厨房に築いた居場所から引き離された。

しかし、給食調理員として働きながら、飲食業界に戻るチャンスを探してホテルの宴会部でアルバイトをしていた佐々目を見出し、メインダイニングに入れてくれたのは窪だ。どんな命令だろうと聞くしかない。そんな事情をすべて話すのも、と思い、「大丈夫です」と短く切り上げた。

「毛利先生こそ、いいんですか？」

本館に向かいながら、先を歩く毛利に尋ねた。先生、と呼ぶのにまだ慣れない。気づくと歩くのも、隣ではなく少し後ろに下がってしまう。

「考えてみれば、貴重な機会かと。こうして私立中学校の給食調理に携われるのは」

子犬顔は廊下に飾られた十字架や宗教画を、物珍しげに見ている。

「中学校の完全給食実施率は、全国で約八割。ですが、私立中学校の完全給食実施率は、わずか一割ですから」

私立中学校における給食の実施状況を、毛利が熱く語り始める。まるで、初めて組む調理員といるような態度だ。あんなに、たくさんの笑いや苦労を共にしたのに。

かつて、頑固で融通の利かない性格が災いし、飲食業界での居場所を失って流れついたS区立若竹小学校の給食調理場で、佐々目は三歳年下の学校栄養職員、毛利と出会った。ときにぶつかり合いながらも、給食調理を通じて、いつしか互いを認め合うようになった。そして、毛利は栄養教諭になるという長年の夢を叶え、佐々目は「自分の店を持つ」という夢を追うために、若竹小を「卒業」して、ホテルに就職した。そのとき毛利がホテル宛てに書いてくれた推薦状を、佐々目は宝物の『美味礼賛』上下巻と一緒に、大切に持っている。

一年ほど前に引っ越したとき、毛利に新しい住所をメールで送った。毛利からも「頑張ってください」と短い儀礼的なメールが返ってきた。この一年半の接触はそれだけだ。仕事に追われて余裕がなかった。それに意地もあった。

——佐々目は最高の調理員でした。

そう推薦状に書いてくれた毛利に応えたかった。誇れる自分になってから会いたかった。新聞に取り上げられるほど活躍している「毛利先生」に。

「毛利先生、どうぞよろしくお願いします」

本館一階、正面玄関横の応接スペースで、学校関係者たちが佐々目と毛利を出迎える。毛利は主役、佐々目は窪の言った通り、お供だ。関係者に囲まれ、毛利が「こちらこそ」と頭を下げる。

「給食を大切に考えてらっしゃるんですね。ホテル給食を導入されるくらい」

断ったことなど忘れたかのように、子犬顔がにこやかに学校関係者を見渡す。「それは」と、高そうなスーツを着た六十絡みの男が、額の汗をハンカチで押さえながら応える。白蘭女子学院の理事長、川鍋豊《かわなべゆたか》だ。

「一流ホテルの手がける給食、ということで、生徒のお母様方には大変、喜んでいただいて……いただいていたんですけど、ね……」

笑顔は崩さずに、横目でちらりと佐々目を見る。過去形で言い直したのは、ホテルの人間への嫌味らしい。

「今の私立中学受験において、給食の有る無しは大きなポイントです。親御さんが、お子様の昼食の用意を心配しなくてよくなりますからね。学校のブランド力、という意味でも、ホテル給食は申し分ない。受験業界や受験生を持つ親御さんたちから、大変注目されています」

秘書に急かされ、理事長が「よろしく」と締めくくって慌ただしく去っていく。「理事長は経営畑の人ですから」と苦笑したのは、五十代半ばの学院長、徳川洋一《とくがわよういち》だ。

「給食は生きた教材です。週五日、一回五十分の給食時間を、食育の時間として無駄なく使える。マナーの授業、味覚授業、そして情操《じょうそう》教育にもなります」

議員選挙の候補者のように、徳川は爽やかによどみなく述べる。感銘を受けたらしい毛利が、何度も強くうなずく。お嬢様学校だけあって、教育にも一段と熱心なのだろう。「校内においても」と、徳川と同年代の中学校長、小畑知久《おばたともひさ》がしみじみと続ける。

「ランチメイト症候群はご存知ですよね？　一緒にご飯を食べる子がいない、仲間外れ。着席式の給食にすれば、その問題も起きません。それに、家から持参する弁当やパンでの自由食と違って、格差問題も生まれません」

子どもの顔にシワをいくつか描き足したような童顔が、幸せそうに語る。毛利がうなずいたあと、小さく「あの」と切り出す。聞こえなかったようで小畑校長が続ける。

「売店と違って、金銭のやり取りも出なくて安心です。それに、お弁当は荷物になります。中学生は部活動やなんかで荷物が多いから、負担に」

毛利がまた「あの」と声を上げる。「ああ」と、小畑校長が思い出したように「もちろん、栄養も」と付け加える。毛利がホッとしたようにうなずく。

――味は？

一に安全、二に栄養、カロリー、塩分、予算。味は、その次。かつて若竹小の給食調理場で、毛利にそう言われたときは愕然とした。もし、今聞いたことがすべてならば、白蘭女子学院ではその次どころではない。あなたはどうなのですか、と残る一人に振り返ると、控えていた後方から、静かに歩み寄ってくるところだ。

「時間です」

被ったベールの白い縁取りと同じくらい、色白の顔が校長を見上げる。中学校のナンバーツーである主事、兼、礼法の教師、入江《いりえ》文子《あやこ》だ。グレーのベールに、白い襟と袖のついた、グレーの長袖ワンピース。胸に下げた銀の十字架。敷地内にある修道院のシスターなのだ。

どうぞ、と導かれ、校長、毛利と入江に続く。エレベーターを待ちながら、毛利が校長と話し始める。俺も、と入江の横顔をそっと窺った。佐々目より何歳か年上だろうが、年齢が読めない。鼻筋の通った繊細な細面に形のいい眉、化粧気のない顔。いつか見た、聖女を描いた素描を思い出させる。すっと背筋を伸ばした立ち姿に、話しかけるのをためらっていると、入江が佐々目に振り返った。

グレーのベールがこちらに歩み寄ったかと思うと、白く細い指がすっと伸びた。佐々目が外していた喉元のボタン二つを、一つ、また一つとその指がはめていく。首を絞められたように息苦しくなる。指を止めた入江が、胸の辺りから佐々目を見上げる。繊細な顔立ちからは意外なほど、強い光を帯びた瞳だ。

「十二歳から十五歳までの女子生徒がおります。どうぞ、そのおつもりで」

すっと離れた白い指が、開いたエレベーターの扉を「どうぞ」と押さえる。ようやく息がつけたのは、エレベーターに乗り込んでからだ。気づくと、入江がいる操作ボタン前と一番遠い角に立っていた。

歓迎されてはいなさそうだ。ホテル給食という贅沢。調理師とはいえども男。修道女、シスターから見れば敵かもしれない。その入江が学校のナンバーツーなのだ。

——帰りたい……。

最上階、五階でエレベーターを降り、校長、入江、毛利に続いて廊下を歩きながら思った。ホテルの厨房が恋しい。子犬顔の相棒とは微妙に気まずい。味は十の次。聖女が睨みをきかせている。小さくついたため息が、ごう、と風がうなるような音に吸い込まれる。音が、次第に大きくなる。グレーの壁、ベージュの廊下の突き当たりにある、両開きの扉の向こうから聞こえてくる。

礼拝堂の中は薄いピンク色に染まっている。中学校九クラス、二百人近い少女がグレーのプリーツスカートの上に着ている、半袖、あるいは長袖のブラウスの背中だ。前方、ステンドグラスの下の教壇に向かって、扉と同じ濃い茶色の木製ベンチが左右に分かれて並んでいる。風のうなりのような生徒たちのざわめきの中を、小畑校長がまず、教壇に向かって歩いていく。

風のうなりが、入江が通路を歩き始めると、ぴたりと止まった。二メートルほど遅れて歩く毛利の、そのまた後ろを歩きながら、少女たちをちらりと見た。教壇に向かう入江を見送る少女たちの顔に浮かんでいるのは、畏怖《いふ》だ。教壇にたどり着き、その横に控えると、入江が生徒を率いるように、佐々目と毛利に向き直った。

「ごきげんよう」

「ごきげんよう」

二百人近い少女が、入江に続いて唱和する。

緑、青、赤。学年別に分けられたリボンを襟元《えりもと》に結んだ生徒たちが、毛利と佐々目を物珍しげに見ている。短い二人の紹介と挨拶、そして入江が行う礼拝が進む中、背筋を伸ばし、口元を引き結んで二人を見ている。祈るために目を閉じ頭《こうべ》を垂れた少女たちの姿が、おねがいよ、と佐々目に頼んでいるように見える。おいしい給食を食べたいの、と。

――この子たちが、今日から俺の客だ。

自分の料理を食べる客を目にするのは久々だ。しかも、こんな大勢を。

若竹小で給食を作りながら、三百人の子どもたちを前に感じていたアドレナリンが、体を駆け巡る。さっき、小畑校長たちの前で言いそびれた言葉が胸に蘇《よみがえ》る。

給食は味だ。舌、そして心で味わうおいしさだ。

ステンレスのボウルに入れた百人分の挽肉《ひきにく》を、ビニール手袋をはめた手で、全身の力を込めて捏《こ》ねる。

「宗ちゃん、気合い入った？　お嬢様たちを見て」

隣で同じように百人分の挽肉を捏ねる柳井《やない》信二《しんじ》の、マスクと帽子に挟まれた目が笑う。

四十代前半の柳井は、給食課の課長でシェフだ。眉が短く目が細い、優しげな公家顔に似合わず、次期宴会部長と噂されるやり手だ。佐々目が入社前、宴会部でアルバイトしていたころからの顔見知りだ。

中学校舎の端、突き当たりに設けられた給食室は、元は武道場だったという、横長の平屋だ。まだ真新しい白い空間は、若竹小の給食調理場より遥かに狭い。廊下に面した窓の前に、回転鍋が三つ並び、その隣にはスチームコンベクションオーブン。反対側には、コールドテーブルと殺菌庫。真ん中には調理台。ガラス壁を挟んだ向こうは、配食用エレベーターのある配膳室。若竹小と違って、食材をあらためる検収室も、下処理室もない。

二百食分の食材はすべて、ホテルで下ごしらえを済ませる。特注の保温・保冷庫に入れて大型トラックで届けられ、午前九時から、給食室で仕上げに入る。食器の洗浄や保管も、すべてホテルで行う。

「毛利先生と一緒にお仕事できるなんて、感激です」

はしゃいだ声に振り返ると、七波《ななみ》幸《さち》がレードルを手に、調理台で茹《ゆ》でた豆をマッシュしている毛利に話しかけている。二十代半ばの七波は、調理師、そして栄養士でもある。栄養専門学校を出て系列ホテルの社員食堂で働いていたところを、給食課にスカウトされた。濃いまつ毛と赤い唇で、素顔でも化粧しているような可愛《かわい》らしい顔だ。ぽっちゃり気味の体型のせいか、若いのにどこか母親っぽい雰囲気がある。

「毛利先生がいれば、絶対生徒たちも、給食を食べてくれるようになりますよ！」

関東の栄養士業界でも有名だという栄養教諭・毛利に会えたと、七波は顔合わせのときからはしゃいでいた。

「だといいですけど」

毛利はクールに応えただけで、豆を潰《つぶ》し続ける。その余裕たっぷりな態度を見ていると、今度は苛立ちで肉を捏ねる手が乱暴になる。集中、と自分を戒めた。黒毛和牛のハンバーグは、ホテルで食べれば三千円近くするものだ。

チコリ、アーティチョーク、エンダイブ。サラダに使う野菜も、若竹小ではめったにお目にかかれなかった、値の張る野菜をふんだんに使う。回転鍋で七波がかき混ぜているオレンジ色のスープは、贅沢にロブスターを使った濃厚なクリームスープ、ビスクだ。サラダのドレッシングも、若竹小のような小分けパックではなく、ホテルオリジナルのものを銀の容器に入れて出す。

「毛利先生、サラダのパプリカ、一部を刻んでドレッシングに入れようかと思うんですけど。きれいだし、ドレッシングのかさが増えて、濃い味が好きな生徒も満足しやすいかと」

柳井が毛利に提案する。毛利が「いいですね」とレードルを持った手を止め、柳井がフタを開けた保冷容器の野菜を改めて見る。

「あと、サラダの一部を、チコリにのせてみませんか。一口サイズにすれば、とっつきやすいと思うんです」

「ドレッシングがこぼれるかも」

佐々目が指摘すると、柳井が「寒天あったよね」と七波に尋ねる。

「ドレッシングをジュレ仕立てにしよう。それなら、こぼれにくいよ」

きれい、と七波と毛利が身を乗り出す。セッションのように、メニューが変わっていく。時間と人数に余裕があるからできることだ。

「宗ちゃん、これハンバーグの飾り。二百個ずつ、型で抜いて。散らしたら可愛いし」

柳井が赤と黄のパプリカを示し、殺菌庫のケースからミニサイズの星の抜き型を出す。生徒を喜ばせようという意気込みが伝わってくる。内心、忸怩《じくじ》たる思いがあるのだろう。飲料部門のエリートなのだ。自分たちの作った料理を連日どっさり残されるなど、調理師人生できっと初めてに違いない。

それなら、と、洗浄済みのパプリカが入ったザルを受け取って調理台に置いた。壁のマグネットラックに張り付いた包丁を取り、パプリカの端で切れ味を試す。さあ、どんな風に料理してやろう。野菜の彫刻、フードカービングの腕を披露するのは久しぶりだ。カービングの本場、タイで磨いた腕が鳴る。パプリカと、ホテルパンの上で待機中のハンバーグを見比べる。

――あれ？

何も思い浮かばない。頭の中は真っ白なままだ。

いつもなら、心に素材というザラメを入れれば、綿菓子のようにアイデアが湧《わ》く。なのに、今日のマシンはぴくりとも動かない。いつまで経《た》っても、何も出てこない。

柳井が「宗ちゃん？」と怪訝《けげん》な目を向ける。慌てて「はい」と型を手に取ってパプリカに向かう。

「そんな単純なのでいいんですか」

毛利が佐々目のすぐ隣に迫っている。さらに身を寄せてささやく。

「佐々目さんともあろう人が？」

「……これは、この型がいいですよ」

ごまかすと、「……そうですか」と拍子抜けしたように、毛利が離れていく。もう一度、赤と黄のパプリカを見つめた。その色を、艶《つや》を、形を見つめた。

――ダメだ。

何のアイデアも浮かばない。頭の中は真っ白だ。

まさか、スランプに陥っているのだろうか。よりによって、ホテル給食を救おうとしているこのときに。機械的にパプリカを型抜きしながら、うなじの辺りが恐怖で逆立った。

パプリカの赤、黄色。スープのオレンジ色。サラダの緑。メロンの薄緑。内装のベージュ、そして生徒たちがまとう薄いピンクとグレーの地味な空間を、給食が鮮やかに彩っていく。八つ設けられた八人掛けの食卓の、白いクロスの上に、給食トレイが並べられていく。

2

中学校舎三階には、三年生の三クラスと吹き抜けを隔てて、「ホームサイエンスルーム」が設けられている。一年生の教室三つ分の真上に当たる、この広い空間が白蘭中のランチルームだ。壁沿いには、五つのキッチンシンクとコンロが並んでいる。通常は家庭科の授業に、そしてランチタイムは交代で、一学年ずつ、あるいは縦割りで生徒と教師が午餐《ごさん》を共にする。

十二時十分、低い音量でバッハの「平均律クラヴィーア」が流れる中、後方のドアから入ってきた二年生たちが、教壇の横に並んで立つ毛利と佐々目をちらちら見ながら、各自の席に散っていく。白い帽子とエプロンをつけた当番の生徒たちが、シルバーのトレイにのせた盛り付け見本を見ながら、分担で給食の皿を盛り付け、トレイにのせ、各席に置いていく。指揮を執るのは、三十代半ばの女性教師二人だ。

「お二人、居心地、悪そう」

小花模様のワンピース姿の、家庭科担当の沼間《ぬま》なみ子《こ》が、所在無げに立っている佐々目たちを見て小さく笑う。

「女の園ですもんね」

フォローしてくれる白いシャツとパンツ姿は、養護教諭の井住友美《いすみゆみ》。男性教師は、授業のときだけ本館からやってくる。生徒たちと入ってくる二年生の担任も、三人とも女。文字通り、女の園だ。

「ごきげんよう」

静かだがよく通る声がして、沼間先生と井住先生がぴたりと口をつぐみ、慌てて佐々目たちから離れる。生徒たちも静かになる。まるでサイレンサーだと、現れた入江を見た。

「どうなさいました？」

入江が佐々目たちに近づいてくる。本来ならとっくに給食室に戻っているはずだからだ。

「学院長にお願いして、一緒に、食べさせていただくことになりました」

じっと見つめられて、少し嚙《か》んだ。少し間を置いた入江が「そうですか」と教壇横に設けられた自席に向かう。教会で見るような、固い木の椅子が、ぽつんと置かれている。どうやらマナーの見張りに来たらしい。さっき校長と検食を済ませているのだ。

「佐々目さんが来たばかりの学校で、生徒と食事したがるとは思いませんでした」

毛利が不思議そうにささやく。若竹小で初めての「ふれ合い給食」を命じられたときは、イヤだと逃げ回ったからだ。

――スランプから抜けるためだよ！

若竹小では、子どもたちからたくさんのインスピレーションをもらった。この白蘭女子学院でもそうするしかない。生徒たちを見て、話をするのだ。お嬢様だろうと気後れしている場合ではない。

給食が行き渡り、生徒たちが全員席についた。入江が佐々目と毛利を「あちらに」と、最前列に二つ並んだ食卓に、別々に座らせる。七人の少女に改めて名乗り、「よろしく」と頭を下げると、一斉に頭を下げられた。入江の先導で、生徒たちと食前の祈りを捧《ささ》げながら、スランプから抜けられますようにと真剣に祈った。

アーメン、と入江、そして一同が唱え、「いただきます」と唱和して食事が始まった。ナフキンを広げて膝に置き、改めてトレイのホテル給食に見とれた。

白い強化磁器《きょうかじき》の皿は、金色で縁取られ、校章である蘭の紋章があしらわれている。添えられているのは、ホテルで使うものと同じ、シルバーのカトラリーだ。クリスタルのグラスには、牛乳が注がれている。

焼きたてのハンバーグにはホテル特製のソースが掛けられ、付け合せのニンジン、インゲン、豆のマッシュが彩りを添えている。ベビーリーフの赤がきいているミックスサラダには、ジュレ状のドレッシングが金色に輝いている。ロブスターのスープには黄パプリカの星が散り、デザートのメロンも若竹小で出すときの三倍は分厚く切られている。ホテルからつい さっき届いたばかりの焼きたてのロールパンは、まだ温かい。

七人の少女が、佐々目を見ている。まずは牛乳を飲み、フォークとナイフを手に取った。恐る恐る、という風に、七人が続く。いただきます、と小声で繰り返して、サラダから食べ始めた。

音楽が止まっているのに気づいた。黙って集中して食べなさい、ということらしい。ひそひそと喋る声が聞こえてくる。入江がゆっくりと、各テーブルを見ていく。時折足を止め、生徒の姿勢を正したり、小声で注意をしたりしている。

まずはロブスターのビスクを一さじ味わった。予想以上の豊かな味わいだ。おいしいね、と話しかけようとした口をつぐんだ。佐々目の周りの七人は、黙ったまま、ちまちまと豆のマッシュをつついたり、ハンバーグを慎重に切ったりしている。

ハンバーグの上に並んだパプリカの星が、行けと佐々目を急き立てる。おいしいよ、とビスクを勧めようとしたとき、ふわりと何かが肩に触れた。音もなく忍び寄った、入江の白い手だ。

「佐々目さん、いらしてください」

連れられていったのはランチルームの外だ。すでに来ていた毛利が、問いかけるように入江に向く。「失礼ですけど」と、入江が佐々目と毛利に向き直った。

「お二人がいらっしゃると、同席の生徒の食が進まないかと」

毛利と目と目を見交わした。「どうしてでしょう」と毛利が尋ねると、入江が穏やかだが、きっぱりと告げた。

「中学生、とくに女子は多感な時期ですから」

ああ、と毛利が小さく声を上げ、「実験データでありますね」と応える。

「中学校で男女同席の食卓と、女子だけの食卓の残菜率を調べたら、男子がいる方が女子の残菜率が高いって」

その通りです、と入江が毛利、佐々目を見つめる。

「男子？」

「僕らが？」

毛利と揃《そろ》って問い返した。確かに男だが、三十歳前と後だ。女子中学生から意識されるなどとは思えない。まさか、と毛利と笑って振り返り、揃って口をつぐんだ。窓の向こう、佐々目がいた席で、少女たちが給食を食べ始めている。

——何やってんだ、俺は。

腰に手を当て、片足を台に上げ、心持ち顎《あご》を上げている今の自分を、俯瞰《ふかん》で想像すると情けない。

周りに散らばり、丸椅子に座ってスケッチブックを膝に置いた美術部の生徒たち、十数人の視線が痛い。窓の外から聞こえる、放課後のクラブ活動に励む生徒たちの掛け声が、自分を笑っているように聞こえる。

今いる第一美術室は、本館四階にある。壁際のシンクの上に、黄色い筆洗いのバケツとカラフルな絵の具で染まったクロスが並び、石膏《せっこう》の胸像が、忌々《いまいま》しそうにそれらを睨んでいる。

その横で聖女が「ごきげんよう」と室内に呼びかけ、静かに美術室を出ていく。

ランチルームを撤退したあとに待っていたのは、残菜地獄だ。あれほど気合を入れたにもかかわらず、残菜率は微増した。東京の公立中学校の平均残菜率は約一割。それが、白蘭女子学院中学校では、三割近い。とくに多かったのがパンの残菜だ。七波によると、白飯、パスタなど、炭水化物の残菜率は六割を超えるという。

——ダイエットを気にしてる子が多いんだと思う。

後片付けと明日の準備でホテルに戻る柳井と七波、そして使用済みの食器類を、ホテルから迎えに来たトラックに乗せてから、毛利と二人で校長室向かいの礼法室に走った。食卓でなければいいだろう、と、入江に生徒の意見を聞かせてくれるよう頼んだ。分かりました、と入江は慈愛の笑みで承知してくれ、実は優しい人かも、と期待した。デッサンモデルになれと第一美術室に置いていかれ、こら聖女、とグレーの後ろ姿を睨んだ。

だけどやるしかない。毛利だって、と横目でちらりと右を見た。

「こんなポーズは、どうでしょう」

毛利が床に手をつき、あぐら姿で宙に浮いている。赤リボンの三年生たちがくすくす笑う。青リボンの二年生たちは無表情のままだ。

「ヨガのポーズです」

毛利は次に、逆立ちをして海老反りになり、また笑いと冷やかな視線を向けられている。前を見ると、緑リボンの一年生たちは怯えたように毛利を見ている。

「描くのが難しいですから」

美術部顧問で二年の担任でもある、毛利と同年代の白石《しらいし》美由紀《みゆき》先生が、優しくなだめ、佐々目と似たような片足上げのポーズをとらせる。俺も頑張ろう、と、まずは前に並んだ五人の一年生に問いかけた。

「……ね。今の給食、好き?」

五人がスケッチの手を止め、顔を見合わせる。三十を過ぎた大人だというのに、見つめられるとなぜか気後れする。しばらくして、誰のものか小さな声が答えた。

「……はい」

五人が揃ってスケッチブックに視線を戻す。佐々目を描いているのに、ろくに佐々目を見ない。お嬢様は人見知りなのだ、と自分に言い聞かせ、次のタイミングを待つ。

五本の指のようだと、五人を観察しながら思う。頭の先からつま先まで、学校指定のヘアゴム、制服、ソックス、上履き。ヘアスタイルも揃ってロングで、前髪をまっすぐ切り揃えている。体の大きさ以外はよく似ていて、見分けるのが大変そうだ。

何より、雰囲気が似ている。デッサンをしながらも背筋は伸び、口元はしっかり合わさっている。顔も髪も、着ているシャツのように、ぴしりとアイロンが掛かっているようだ。潔癖そうなお嬢様たちに受け入れてもらえるよう、慎重に、また切り出した。

「前の自由食と比べて、給食はどうかな?」

答えを待っていると、ふふ、と笑い声が聞こえた。声がした斜め後ろに目を向けると、三年生たちが何ごとかささやき合っている。

「あらウマシカ」

いよいよ未知の世界に突入だ。毛利に首をかしげてみせると、それを見て哀《あわ》れに思ったのか、白石先生が小声で教えてくれる。

「愚《おろ》かな、って意味です。白蘭に昔から伝わる言い方で」

馬鹿の訓読みか、とようやく気づいた。毛利を見ると、眉間《みけん》にシワが寄っている。素早く肩をすくめてみせてから、「じゃあ」と今度は右サイドにいる二年生に声を掛けた。

「君は？　給食のとき、ダイエット、とか気づかったりする？」

しん、と静まり返った。何ごとかと右を向くと、声を掛けられた二年生が、下を向いて黙りこくっている。何だどうしたと慌てたとき、沈んだ口調で言った。

「……そんなに私、太ってますか？」

そうじゃなくて、と慌てて否定すると、答えた二年生が、ふん、と鼻で笑う。明らかに反抗を楽しんでいる。お嬢様め、と唇を嚙んだ。

こうなったら、大人しい一年生に望みを賭けるしかない。どの子にしようかと見渡したとき、左端、一番小柄でぽっちゃりした生徒の手が、他四人と違う妙な動きをしている。目を凝らして分かった。右手の親指に巻いた白い布テープに、いたずら書きをしているのだ。ふっくらとした見た目も五本指の中の親指のようだ。親しみやすそうで声を掛けた。

「いやだウマシカ」

「君は、給食を残すときって、どんなとき？」

びくり、と顔を上げた親指姫が、見下ろす佐々目から弾かれたように視線を逸《そ》らす。そのまま、隣の少女に助けを求めるかのように体を寄せる。その隣、その隣と親指から小指まで伝染し、小指が「お姉さま」と二年生、三年生たちに向く。姉がいるのか、と思ったが、先輩のことを、そう呼ぶらしい。あちらからこちらへ視線のやり取りが続き、最後にたどり着いた三年生が、含み笑いで答えた。

「ひもじく、ないときです」

白石先生がさすがに佐々目を気の毒に思ったのか、「もう少し詳しく、お話しして差し上げたら？」と少女たちに呼びかけてくれる。

かたっ、と音がして隣の台を向いた。ただ台にのせただけの毛利の足が、バランスを崩して床に落ちた音だ。そういえば、毛利はまだ生徒たちに、何も質問していない。そのことに初めて気づいた。


「僕、この学校では無理かもしれません」

給食室に戻り、表に置いた残菜回収容器を運び込んで洗いながら、ぽつりと毛利が言った。

生徒たちに話を聞くために、後回しにした作業だ。

全国平均で児童・生徒一人当たり年間七・一キロ、茶碗約七十杯分と言われる給食残菜を処理するために、最近、公立の学校でも普及してきたリサイクルシステムだ。野菜の残菜は、給食室の近くに設置された生ゴミ処理機で肥料にされる。他の残菜は業者に回収され、家畜用の飼料に加工される。残菜の大半はリサイクルされるのだ。掛けた手間と気持ち以外は。

別の容器を洗いながら「どうしたんですか？」と聞き返した。結局、毛利は美術室にいた小一時間、生徒に何も質問しなかった。給食室に戻ってからも、黙りこくったままで、口を開いたのは今が初めてだ。

「僕が知ってる世界とは違いすぎます。生徒たちにどう接したらいいか、分からないんです」

「そんなの、俺だって同じですって」

笑いに持っていこうと「俺だって庶民だし」と軽い調子で言ってみた。今、毛利にくじけられるわけにはいかない。

「大丈夫ですよ、頑張りましょう。こんな、給食じゃなくて、肥料や飼料を作ってるようなのじゃ悔しいし」

洗い終えた容器を、置き場に戻そうと持ち上げたとき、後ろで尖った声がした。

「僕は、まともな育ちじゃないから」

どん、と胸を突かれた気がした。その衝撃で、記憶がぽろぽろとこぼれ出る。若竹小にいたころに聞いた、毛利の過去を。

毛利はネグレクトの親元に育ち、給食調理員がくれる給食の残り物で命を繋《つな》いだ。学校栄養職員、そして栄養教諭になったのは、そんな過去をバネにして、子どもたちの食育に尽くしたいという思いからだ。

「……栄養教諭になって、食育授業をするようになって、保護者向けの活動や、教育委員会、栄養士協会での活動もするようになりました。教壇で僕、言ってるんです。食は、家庭で育まれるものだ、って。でも本当は、家庭の食生活なんて、勉強したことしか知りません。いつか、お前はニセモノだ、って言われそうで、いつもびくびくしてます」

毛利が口元を歪《ゆが》める。

「幸せな家庭で育った、お嬢様になんて、どう接していいのか分かりません」

ホテル給食への協力を断った理由がようやく分かった。そんなコンプレックスを抱えていたなんて、夢にも思わなかった。

「佐々目さん、何か変わりましたね」

振り返ると、毛利が佐々目から容器へと目を逸らす。

「そんな風に、軽く流す人じゃなかったのに。人が言うことも、仕事も」

「仕事？」

「今日の給食調理も、上司の柳井シェフに言われる通りで」

型抜きのときのことを言っているのだ。スランプだなんて死んでも言えない。黙っている佐々目に、毛利が静かに続ける。

「前の佐々目さんは、いつも一生懸命でした。店を出すという夢のために、どんなことにも真剣に取り組んでました。なのに今は、業務命令を遂行《すいこう》することだけ。ホテルの一員になりきって」

しゅっ、と目の前が白く光る。胸に振り下ろされた鋭い刃だ。

怒りが噴き出さないよう、ゆっくりと呼吸を繰り返す。ちらりと黒い目が、こちらを見たのが分かる。

「……そういうところで生きてるんで」

それだけ言って、口を閉じた。怒りを飲み込んで、作業に戻った。

——お前に何が分かる。

無言で作業を終えた。着替えたあと、毛利と同じバスで駅に向かうのがいやで、時間を潰そうと中学校舎の裏に出た。

Dの形をした敷地の膨らみ部分、本館裏の体育館と、通用門から給食室に延びる道沿いの生垣の間は庭園になっている。フェンスを覆い隠す木立をバックに、芝生や花壇、植え込みが広がり、池のほとりで優しく両手を広げたマリア像を中央に、道が延びている。道沿いに置かれたベンチの一つに座ったところで、ようやく詰めていた息を吐き出すことができた。

——仕方ないだろう。

佐々目の帰りを待っている、ホテルのメインダイニングの厨房が頭に浮かぶ。

横長のスペースの両サイドにパティスリー、パントリーを擁《よう》した、ステンレスの要塞《ようさい》。入り口が下ごしらえのスペース、奥に進むごとに身分が上がり、王座に当たるのが、一番奥にあるメインの調理台だ。

王座の輝きを、遥か遠い入り口から見ながら過ごした最初の一年。雑用係として、野菜の下ごしらえとゴミ捨て、掃除に明け暮れた。年上の新人という身分で、悔しいことは山ほどあった。厳しい要求に応えられずクビを切られる者を、何人も見た。心を殺さなければ耐え抜けなかった。怒りも悲しみも殺し、喜びも笑いも忘れ、ひたすら仕事に打ち込んだ。店を出すという夢のためなのに、その夢も忘れかけるほどに。

誰にも頼ることのできない日々は、冷凍倉庫のようだ。今の佐々目はフリーズドライだ。

心の中にあった水分が凍り、ぱさぱさに乾燥している。腐らない代わりに芽を出すこともない。アイデアという芽も。

いつになったらスランプを抜けられるのだろう。いたたまれずに立ち上がった。すがれるのはあなただけ、と、マリア像に向いた。

——さっきの?

長い髪、ぽってりした頬《ほお》、腕まくり。さっき美術室で見た一年生の親指姫が、マリア像の裏から出てくる。佐々目に声を掛ける隙を与えず、がっしりした足で人目を忍ぶように、足早に去っていく。その様子が気になって、マリア像の裏に行ってみた。

かちり、と足が何かを踏んだ。プラスティックでできた、五センチほどのピンク色の楕円だ。何だろうと拾い上げ、ボタンらしきつまみを適当に押すと、しゅっ、と何かが飛び出し、驚いた佐々目の手から弾け飛ぶ。二つのステンレスの刃だ。十センチにも満たない、小さな折りたたみ式のハサミだった。

3

銀色のサンマに降りかかる、雪のような白い塩が止まった。

二百匹のサンマに塩をしている柳井が手を止め、「来たかあ？」とガラス窓の向こうを見ている。茹でたオカヒジキを冷水で色止めしながら、つられて給食室前の廊下に向いた。スーツ姿の男二人がこちらを見ている。胸には白蘭女子学院の来訪者カードが下がり、案内しているのは小畑校長だ。業務用炊飯器の横、台の上に並べた木曽さわらのおひつを、指で示して何か言っている。「誰ですか？」と尋ねると、炊飯器に洗った米を入れている七波が、口を動かさないようにくぐもった声で言う。

「ダイヤモンドホテルの人たちかも」

今日は柳井、七波と三人で調理だ。毛利は研修授業の準備で本館にいる。

「ここのホテル給食の後釜、ダイヤモンドホテルが狙ってるって噂」

ダイヤモンドホテルは、日本で最初にホテル給食を始めた老舗《しにせ》のホテルチェーンだ。すでに私立小学校数校で実績を上げている。「窪さんがぴりぴりしてる」と肩をすくめる柳井を見て、胃の辺りが不安で縮んだ。この給食室をライバルに明け渡すことになったら、佐々目だってどうなるか分からない。

「宗ちゃん、正装祭のメニュー、なんかブラッシュアップする案ない？」

正装祭、とは、十月一日に行われる白蘭の行事で、制服を夏の簡略服から、冬の正式なものに替える儀式だという。

「最後のチャンスになっちゃうかもー」

七波が廊下を遠ざかっていくスーツ姿を見送りながら、ため息をつく。

――ヒントが欲しい。

昨日拾った、小さなピンク色のハサミを思い浮かべた。地面に落ちていたので、念入りに消毒してから持ち歩いている。佐々目が手にした、白蘭の生徒との、唯一の繋がりだ。

柳井に頼んで一年の配食担当にしてもらい、十二時十分、ワゴンを押して二階廊下に出た。ゆっくりと一組の前から二組、三組と、窓越しに教室内を窺いながら歩いていく。親指姫がどのクラスか分からないからだ。

中学生は忙しい。七波がそう教えてくれた。昼休みは歯磨きと宿題、下膳《さげぜん》のときにはもう、五時間目の授業に赴いている。配食は、生徒と話せる数少ないチャンスなのだ。

四時間目終了のチャイムが鳴った。教室から出てくる生徒、教室に戻る生徒で、たちまち風のうなりのような賑《にぎ》わいが辺りに満ちる。三つの教室から、それぞれ教師と給食当番がやってくる。まずは盛り付けの見本を差し出した。今日のメニューは秋らしく、サンマの塩焼きに大根おろしとカボス、松茸の茶碗蒸し、オカヒジキのおひたしに、おひつの白飯、そして柿と巨峰の盛り合わせだ。「どうぞお召し上がりください」と三つのトレイを渡し終え、さあ出撃と意気込んだとき、ふいに辺りが静まり返った。

「これはいかがなものかしら」

凛《りん》とした声に、反射的に振り返った。廊下に散らばっていた生徒たちが、今はきれいに二つに分かれている。モーゼのように道を割っているのは、シスター入江だ。

青リボンの二年生が二人、入江の前でうつむいている。長い髪、制服姿、と皆と同じパーツでできていても、少し感じが違う二人だ。入江が手で確かめている髪が、ほんのわずか栗色を帯びている。指でつまんで検分している制服の形も、微妙に違う。

「理由があるなら言ってみなさい」

二人は何も言わない。しばらく待ったのち、入江が一人の前に進み出た。両手を伸ばしたかと思うと、生徒が着ているベストの両端を引きちぎるように開く。ぶち、ぶち、と糸が切れる音がして、ベストの面積が広くなる。お洒落《しゃれ》さを狙ってか、ぴたりと体に沿うように、糸で縫《ぬ》って留めていたらしい。

「空《むな》しいこと」

礼法室に来るようにと告げて、入江が二人に背を向け、割れた道を通って階下へと下りていく。生徒たちは気おされたように、早足で教室に吸い込まれていく。あっという間に佐々目一人が、廊下に取り残された。

次の日も、配食の時間に接近を試みた。しかし、一年生はランチルームで給食だった。三クラス分の生徒に圧倒され、気づけばまた一人、取り残されていた。

もう、時間がない。仕事を猛スピードで進め、五時間目と六時間目の休み時間にまた、一年生の教室前に行った。どうか十分間の間に廊下に出てきてくれ、と祈りながら、階段横の掲示板に貼った給食のメニュー表を外して、位置を整える振りをしながら待つ。

「何、してるんですか」

振り返り、そして反射的に前に向き直った。分厚いファイルを手に、階段を上がってきた毛利が立っていたのだ。改めて振り返ると、子犬顔が佐々目の奮闘《ふんとう》で、よれてめくれ上がったメニュー表を見ている。唇は、いつもより急カーブでへの字を描いている。おとといのことが尾を引いているのだ。俺の方が大人だ、と自分に言い聞かせ、隣に招いて小声で切り出した。

「……おとといの女の子たち、覚えてます？　スケッチの」

ポケットから出した、ピンクのハサミを毛利に見せた。おととい、庭園で見た、「親指姫」の奇妙な様子を話した。

「もう、あとがないんです」

廊下を行き交う生徒を気にしながら、ダイヤモンドホテルの進攻も告げた。

「誰でもいいから、ホテル給食に関して生の意見を聞かせてもらいたいんです。きっかけにできるのは、これしかないんです」

毛利は、ぼう、と宙を見つめている。「しっかりしてください」と腕を摑《つか》んだ。

「しっ!」

毛利が小声で佐々目を制し、調理服の袖を摑む。「はい?」と問い返した瞬間、足首に鋭いローキックを食らい、体が跳ね上がった。

懐かしの毛利キックだ。「動かないで」と早口の小声が制する。

「そのまま僕に話しかける振りをして。何でもいいから」

「なんで?」と問い返すと、左足に激痛が走った。答えの代わりに左足を全力で踏まれたのだ。毛利の気迫に押されて口を開いた。

「……トマト、五キロ、タマネギ、六キロ、オリーブオイル、一リットル」

さっき柳井たちと確認したばかりの、明日のメニューの材料を思いつくままに並べた。毛利は聞き入る振りで、佐々目の斜め後ろを鋭く見ている。

「だめ」

毛利がいきなり鋭い口調で呟《つぶや》いた。何かと振り返ろうとすると、「しっ」と毛利に、分厚いファイルの角を腹に叩き込まれた。う、と身を縮める佐々目をよそに、暴力チワワが呟く。

「許さない、絶対」

我慢できず、ちらりと後ろを振り返った。三つある一年生の教室の真ん中、廊下にある手洗い場の前で、例の五本指が話している。親指姫も、洗った手をミニタオルで拭いている。見えるだけで、声は聞こえない。毛利に小突かれて前に向き直った。

「約束したじゃない」

ドスのきいた声が呟く。読唇術《とくしんじゅつ》だ。

毛利には、給食のためにと学んだ特技が、いくつもある。読唇術は、給食を食べる児童や生徒の忌憚《きたん》ない意見を聞くためだ。

「裏切り者には天罰《てんばつ》」

久々に目にするイタコチワワが、物騒なことを呟いた。

二階の階段上から子犬顔が覗いた。「植松香名《うえまつかな》、来ませんか?」と聞かれ、そっちもか、と怪訝に思いつつ「来ません」と答えた。

親指姫こと植松香名と、その仲間たち。一年一組の五本指と接触するために、授業終了後、毛利と二手に分かれて張り込んだ。毛利は二階と本館を繋ぐ渡り廊下、佐々目は正面玄関横の階段下。その二カ所のどちらかを通らなければ、どこにも行けない。

しかし、下校ラッシュが終わり、清掃時間が終わってからも、五本指はどちらにも姿を見せない。まさか教室で「天罰」を下しているのかと、足早に階段を駆け上がった。

しん、と静まり返った二階廊下には、もう誰もいない。本館と反対の、廊下の突き当たりまで行ってみた。本館側から二年生、一年生と教室が三つずつ、吹き抜けを挟んで並んでいる。コの字形の廊下が、本館から見て二年生の三クラスと吹き抜け、そして一年生の三クラスを包んでいる。突き当たりの一組の教室にも誰もいない。

「おかしいな。この先、行くところないでしょう」

校庭に面した廊下の突き当たりには、下にある給食室から三階まで繋がる運搬用エレベーターと、非常用の外階段に続く鍵の掛かったドア、腰高の窓が並んでいる。窓の向こうは陰り始めた空、それだけだ。

「まさか、消えた？」

まさかな、と窓を開け、通用路の向こうのグラウンドを眺めた。何気なく下を向いた瞬間、声にならない悲鳴が口をついた。どうしました、と毛利が駆けつけ、横から窓下を見て息を呑む。

空のはずの窓外、佐々目たちが開けた窓の下に、少女が五人、猫のように身を寄せ合っている。香名も含めた五本指が、怯えたように佐々目たちを見上げている。どうなってるんだ、と辺りに目を走らせ、そして分かった。平屋である給食室の屋上が、窓の外に広がっているのだ。

「……何、してるの？」

毛利が慎重に声を掛ける。五本指が顔を見合わせ、早口で何ごとかささやき合う。そして、人差し指が膝立ちになって佐々目たちに向いた。

「こっち来て」

これまでとはまったく違う、ぞんざいな口調だ。「早く」と中指も膝立ちになって急かす。

「そんなところに立ってたら、誰かに見られちゃうじゃない」

香名と他の二人も、そうだと言いたげにうなずく。迷ったが、窓を乗り越えてコンクリートの屋上に降り立った。

教室二つ分ほどの平屋根は、低い壁で囲まれている。校庭に面して設置されたエレベーターの陰に、サブバッグが五つ、放り出されている。水色やピンク色の膝掛けらしきフリースが敷かれ、ジュースが入ったペットボトル、プラスティックのマッサージ器やローション、爪やすり、ビューラーなどの美容グッズが散らばっている。ピクニックといった様相の敷物の上に、五人の少女が戻っていく。なぜか全員、学校指定の白いソックスと上履きを脱いでいる。

「なんで、裸足なの？」

とりあえず聞いてみた。中指が答える。

「陽に焼くの」

「……もう秋だよ？」

「細く見えるから」

中指の横で、人差し指が投げ出した足を上げてみせ、周りで他四人が「ねえ？」「だよ」と笑い合う。五人の中では人差し指と中指がリーダー格らしい。

「何してるの？　給食のお兄さまたちは」

新鮮な呼ばれ方に戸惑っていると、からかうような声が続く。

「まさか、女子校の教室を覗いて回ってたとかー？」

ふふ、と五人がからかうように笑う。誰が、と佐々目が言うより先に、毛利が「エレベーターの点検だよ」とうまく言いつくろった。窓に向いた子犬顔が目を見張る。

「あ、入江先生！」

ぎょっと、座ったままのけぞった。え、と声を上げ、佐々目と同じようにフリーズした五人が、窓を見て「嘘《うそ》だあ」と息をついた。聖女はやはり、相当怖がられているらしい。「怖いもん」と口々に言った五人が、佐々目を見て笑う。

「自分こそ、びっくりしすぎ」

毛利が「意外と弱虫なんだ」と佐々目を示し、五人がもっと笑う。この黒チワワ、と毛利を睨むと、子犬顔の目が五人を見た。

一人が、ピンク色の柔らかな塊をつまんで口に入れる。他の四人もそれぞれ、口に入れている。コンビニエンスストアで売っている、ビニールパックに入った生ハムだ。

奇妙な食卓ではあるが、ようやく、少し打ち解けてもらえた。毛利が子犬顔をほころばせ、五人に問いかける。

「みんなは？　なんで、こんなところにいるの？」

「他に、いるとこないから」

中指が肩をすくめる。

五人は白蘭の幼稚園からの仲良しだそうだ。週に二日は美術部の活動、残りの日は毎日習い事で、放課後を共に過ごせるのは週に一日だけ。寄り道は禁止されているので、校内で過ごすしかない。しかし、校舎の中だと「お姉さまたち」に気兼ねする。ラウンジも図書室も自習室も、一年生は肩身が狭い。察して聞いてみた。

「もしかして、スケッチのときに、ずっと黙ってたのも？」

「お姉さまたちより先に、男の人と話したりできないよ」

「睨まれちゃう。生意気とか、男好きとか」

女の園は恐ろしい。そこで五人が見つけたのが、この屋上だ。職員会議のある水曜なら、入江に見つかることもない。

「水曜日はみんなで過ごすって、約束なの」

「破ったら絶対、許さなーい」

「天罰がくだる」

ふふ、と五人が身をくねらせてじゃれ合う。イタコチワワの再現とはずいぶん感じが違う。そう毛利に小声で言うと、「語調までは読み取れませんでした」と肩をすくめられた。

「みんな、生ハムが好きなの？」

生ハムをつまんではジュースを飲んでいる五人に聞いてみた。中指が口をもぐもぐさせながら答える。

「好き、っていうか、ダイエット？」

「塩分のとりすぎじゃないかな？　顔や体がむくんじゃうよ」

毛利の優しい指摘には、「これがあるし」とフェイスローラーが差し出された。

「ちょっとだもん」

「おいしいし」

他の子たちからも声が上がる。

栄養なんて眼中にない、ということはよく分かった。ピンク色の生ハム、オレンジ色や緑色のジュース、色とりどりのグミやキャンディー。「好き」なら何でもいいのだ。

「なんで、給食は食べないの？」

コンビニの生ハムには負けてねえ、と思いながら尋ねた。五人が「だって」「ねえ？」と顔を見合わせる。

「給食くらい、抜かないと」

毛利が驚いたせいか「んあ？」と喉にひっかかったような声を出す。「ほら」と一人が携帯電話を操作し、画面を佐々目たちに突きつけた。

「『給食deダイエット』……？」

ダイエットのためにと、イラスト入りで「給食の上手な残し方！」が懇切丁寧《こんせつていねい》に書いてある。うう、と耳元で唸り声がした。佐々目の肩越しに画面を覗く毛利が、小さい歯をきりきりと食いしばっている。お嬢様たちが二人に追い打ちをかける。

「食べたいものは食べるよ」

「食べたくないものを食べるなんて意味ない」

「そんなの食べて太りたくない」

毛利とまた、顔を見合わせた。

「……今日の給食、何が出たか覚えてる？」

毛利が大人しい三人に尋ねる。香名がしばらく考えてから答えた。

「パン」

他の二人も考え込んでから、やっと答える。

「牛乳」

「フォーク」

答えの続きを待った。いつまで経っても聞こえない。

「ねえ、あれやって！」

一人が毛利に向かって、フリースの上に手を突いてポーズをとってみせる。

毛利が「これ？」と、デッサンモデルのときはまったく受けなかった、宙のあぐらポーズをとってみせる。すごいすごいと少女たちが喜び、スカートのままでそれぞれ真似始めた。目を逸らすと「うわ」「照れてるー」と五人が佐々目を指差してはしゃぐ。体を丸め、両腿の間から顔を出した毛利が、眉を上げて佐々目に合図する。

——今日はここまで。

また話を聞かせてね、と頼み、窓を乗り越えて大人の世界に戻った。

「普通の女の子たちでしたね」

廊下を歩きながら、毛利が苦笑する。「でしたね」としか応えられない。いろいろ聞いたのに、それを頭の中でまとめられない。パステルカラーの空気に当てられたようだ。強すぎる花の香りを嗅いだあとのように、頭がぼんやりする。

階段を数歩下りたところで、あ、と足を止めた。足を上げたときのかすかな抵抗で、ポケットの中に入れっぱなしのハサミに気づいたのだ。若竹小に戻るという毛利と別れ、二階に戻った。

──あれ？

階段を上りきり、一年生側の左を向いたところで足を止めた。廊下の先、教室に、親指姫が素早く入っていく。仲間はまだ、窓の外にいるはずだ。何だろう、と、ドア上部の小窓から中を覗いた。

こちらを向いた後頭部の髪が、上半分だけゴムでまとめられ、ちょんまげのように上がっている。その下の襟足《えりあし》を見て息を呑んだ。白い首筋の上に流れる黒い髪が、不揃いに切り取られている。

右から銀色の工作用ハサミを持った手が、襟足に伸びる。左から伸びた手が、髪を小さくつまむ。さくり、と白いテープを巻いた親指が、ハサミで小さな束を切り落とす。首筋から離れる左手の指先から、ゆうに二十センチはある小さな束が垂れた。

「何やってんの!?」

たまらずドアを開けた。香名が振り返り、目を見張る。慌てて抜き取った髪ゴムから、髪が流れて首を隠す。駆け寄る佐々目に、香名が「しっ」といたずらっぽく笑う。

「ちょっと、気分転換」

みんなには秘密、と香名が肩をすくめ、切った髪をゴミ箱に入れる。手に持っていた、ピンクのミニハサミを香名の前に突き出した。

「もしかして、この間もこれで?」

そこのマリア像のところで、と続けようとしたところで、「あ」と香名がハサミを素早く奪い返す。

戻らないと、と、教室を出る香名の前に回り込んだ。

「どうして、こんなことをするの?」

香名が足を止めた。廊下の突き当たり、窓へと顔を向けた。

「ああいうのがイヤなの」

口調は明るいが、目から笑いが消えている。

「みんなで。みんなで。みーんな一緒。バッカみたい」

4

——二重人格か？

夜八時過ぎ、帰宅してシャワーを浴び、髪を拭いていると、また、夕方見た光景を思い出す。佐々目を見上げた香名の醒《さ》めた目が、頭から離れない。

狭い洗面スペースから出てすぐの、廊下を兼ねたキッチンの冷蔵庫からスペインのスパークリングワイン、昨夜開けたカヴァのボトルを出した。ストッパーを開け、グラスに注いで一口飲んだ。

この部屋に越してきたのは一年ちょっと前、ホテルに入社した最初の夏だ。帰ることもままならず、ホテルの仮眠室に半ば住み着いている生活で、歩いて帰れる場所に住まなければ体が持たないと悟ったからだ。住宅手当が出るというので喜んだが、以前のワンルームマンションよりも便利な場所になった分、家賃も上がった。結局また、住んでいるのは、前と同じような部屋だ。

疲れているのに、なぜか座って落ち着く気になれない。一方で「仲良し」たちと幸せそうに過ごしながら、一方では自分の髪を切るという自虐《じぎゃく》。解けない謎が、胃の中でつかえる炭酸のようだ。玄関のチャイムが鳴り、どうせ宅配かインターネット回線か新聞の勧誘だと、Tシャツに短パンでドアを開けた。

「来ちゃった」

コンビニ袋を両手で下げた美女が、照れたようにうつむく。

一年半ぶりに見る、若竹小の養護教諭、由比《ゆい》あすかの笑顔だ。「……久しぶりです」と、やっとの思いで声を絞り出した。なんでこんな素敵なことが起きるのだ、と呆然《ぼうぜん》としていると、由比先生の後ろから「うふふ！」と聞き慣れた笑い声が響いた。

「佐々目さん、びっくりしてる」

上目遣いでほくそ笑む黒チワワが、ひょっこりと出てきた。由比先生と同じく、仕事帰りらしい。コンビニ袋を両手に下げている。「お邪魔しまーす」と毛利が入り込もうとする。

慌てて「ちょっと待って」と止め、奥の部屋に走った。

見られてまずいものはないか、と八畳の横長の部屋を見回した。以前はロフトに置いていたセミダブルのマットレスを、新しく買ったベッドフレームにのせ、壁に寄せて置いている。起き出したままでシーツがむき出しになっていたので、慌ててカバーを直した。

「あれ、引っ越してからもう、一年は経ってますよね？」

待て、が聞けない黒チワワが、佐々目の背後から部屋を覗き込む。

前は部屋の壁すべてを塞いでいたメタルラックは、今は一つを組み立てて、最低限の料理道具とノートパソコンを置いている。あとは、開けていないダンボール箱が未《いま》だに積み上げてある。雑多なものはベッドの下だ。「もういいですかー？」と入ってきた由比先生も、部屋を見て目を見張る。

「引っ越ししたてみたいですね」

片付けるのが面倒で、そのままにしていた。たまの休日は勉強のための外食と、休息と称して酒を飲んで終わってしまう。ランチにディナーと料理をし続ける日々で、前のように家で料理をすることも減った。「いきなりだから」と言い訳をすると、由比先生が上目遣いで笑った。

「佐々目さんが、お嬢様に囲まれてニヤニヤしてるって聞いたから、その顔を見に」

毛利の頭を摑み、全力でひねった。身をよじって逃げた毛利が「それと報告」と続ける。

「私、カウンセラーの資格、取れました」

由比先生が照れくさそうに目を伏せる。

若竹小の保健室で子どもたちの話し相手になっている由比先生は、もっと子どもたちの助けになりたいと、佐々目が若竹小にいたころから、忙しい仕事の合間を縫って、カウンセラーの勉強に励んでいた。その夢が叶ったのだ。

おめでとうございます、と、佐々目は飲みかけのカヴァ、由比先生は持参のビール、毛利は同じく持参の缶チューハイで乾杯した。こんな風に、毛利と由比先生と飲んでいた、若竹小の日々が懐かしい。

家庭科の深津《ふかつ》先生は副校長に昇進し、隣の区の小学校に転勤となったと挨拶メールを貰った。若竹小の給食調理員たちも元気だという。

「妹尾《せのお》さんは、カリスマ調理員を目指して勉強会を立ち上げました。土田《つちだ》さんは再婚を考え始めたみたいです。三須《みす》さんは二匹目のチワワを飼い始めました。児玉《こだま》くんは、すっかり子どもたちのアイドル」

仕事に追われて聞きそびれていた消息を、毛利が教えてくれた。コンニャク屋の磯辺《いそべ》も喜寿が近いが、マイペースでコンニャクを作り続けているという。懐かしい面々の消息で盛り上がっているうちに酒が切れ、毛利が「買ってきます」とコンビニに向かった。何か出せるものはないかと、佐々目もキッチンに立った。

「久しぶり。毛利さんが楽しそうなの」

あとから来た由比先生が、「ずっとこんなでした」と口をへの字にしてみせる。グラマラスなスタイルは相変わらずだ。髪が肩まで伸び、少し頬の肉が落ちた分、大人っぽくなった。

「久しぶりって、二人で飲んだりしないんですか？」

「佐々目さんが若竹小を離れてからは、一度も」

意外な答えに言葉を失っていると、「一年半ぶり」と由比先生がグラスを掲げ、口元だけで笑ってみせる。

「毛利先生、ずっと大変だったから。栄養教諭になって、……佐々目さんも、いなくなって」

――コンプレックスも抱えて。

真面目な毛利のことだ。佐々目がいなくなったあとの給食調理場の管理にも心を砕いただろう。佐々目と同じように、毛利もこの一年半、すべてを捨てて、ひたすら仕事に打ち込んできたのだと、今さらながら思い知らされた。

無性に何か作りたくなり、中身が乏しい冷蔵庫の中から、コーンの粒を取り出した。オリーブオイルを入れたフライパンにコーンの粒を入れ、ガラスのフタをして火に掛け、由比先生に委ねてから、部屋に戻ってスパイスボックスを出した。ローテーブルで、皿にスパイスを出して調合していく。ポップコーンを、酒が進む味にするのだ。

「へえ、ポップコーンですか」

戻ってきた毛利が、弾け始めたコーンに目を見張っている。佐々目は幼いころ、祖母が鍋で作ってくれるポップコーンが大好きだった。コーンが弾ける様子を喜ぶ佐々目のために、祖母が鍋のフタをガラスに替えてくれた。

ぽん、ぽん、と、ポップコーンが弾ける音と、由比先生と毛利の声が混じり合う。似合いの二人なのに、と、特製スパイスを仕上げながら、コンロの前に並んだ二人をちらりと見た。元佐々目の恋愛はといえば、相変わらず白トリュフだ。旬は短く、めったに口にできない。こちら恋人の上原《うえはら》枝衣子《えいこ》はオーベルジュのシェフに転身し、今は伊豆で腕を振るっている。こちらはとりあえず、オイル漬けで保存といったところだろう。

「今、味をつけますから」

完成した特製スパイスを持ってキッチンに行き、フライパンを見て立ちすくんだ。もう半分以上が無くなっている。毛利と由比先生が、まだ塩も振っていないポップコーンを、缶を片手にぽりぽりと食べている。二人の大ざっぱさも相変わらずだ。「このままでもおいしいですよ！」と、毛利が佐々目の努力を否定する。許さん、と、もう一さじポップコーンを火にかけた。

固く乾いた粒が、ガラスのフタの下で次々と白く弾けていく。子どものころ、それが不思議でたまらなかった。香名も同じかと思う。水分を秘めたコーンのように、今にも弾けそうな何かを秘めているのだ。

「佐々目さん、どうしたんですか？」

由比先生が、黙り込んだ佐々目に声を掛ける。

「……これは、例えば、の話なんですけど」

かつて何度も聞いた、個人情報を気づかう由比先生の話し方を真似た。味つけしたポップコーンを持って部屋に戻り、二人に、今日見た香名の断髪を話した。

「あんなに楽しそうだったのに」

毛利が佐々目が思ったのと同じことを言う。ハサミのことから遡《さかのぼ》って説明すると、由比先生が「ああ……」と小さく何度もうなずいた。

「みんな一緒、がストレスなんじゃないですか？　その子」

由比先生が、ポップコーンを五粒、手のひらにのせてみる。

「小学校でも見かけます。仲間と同じじゃなきゃダメ。仲間外れにされちゃう。だから周りに合わせる。人間関係のドレスコード」

「そういうの、ありましたよね。なんとかシンドローム」

毛利が顎を引いて考え込む。確か初日に、小畑校長がそんなようなことを言っていた。

「ランチメイト症候群、でしたっけ？」

思い出して口にすると、由比先生が「それ」と声を上げる。

「会社や学校で、一緒にランチする相手がいないのが怖い、一人になるのが恥ずかしい、って。だから、その生徒は、仲間に合わせてばかり。でも一人になる勇気もなくて、ストレスがたまるばかり、とか」

——絶対、約束、天罰。

五本指の少女たちが言っていたことを思い出した。何でも一緒だなんて、考えただけで息苦しい。

「……でも、それだけで、髪まで切ります？」

「髪を、ごっそり抜いちゃう子もいるんですよ、自分で。ストレスのはけ口に」

由比先生の答えで、手のひらの力が抜けてグラスを置いた。毛利も眉をひそめている。

「自傷の一種です。自分いじめですね。人や物に当たれない子は、自分に当たるしかないんです」

大変ですよね、と由比先生が考え込む。

「白蘭中学校は一学年六十人くらいだっていうし、人数が少ない分、人間関係も濃密だと思うんです。まして、高校三年まで一緒に過ごすんです。人間関係でしくじるのは、絶対にできない。プレッシャー、すごいと思います」

由比先生が佐々目と毛利に向き直る。

「学校、そして友だち。大人から見れば小さな、小さな世界ですよね。でもそれが、子どもにとってはすべてなんです」

――すべて。

翌日の朝、通用門から給食室へと歩きながら考えた。

由比先生が言ったことを、ホテル厨房の自分に当てはめるとよく分かる。

世界がどれだけ広かろうと、小さな厨房が、この一年半、佐々目のすべてだった。入り口の下ごしらえから、奥のメイン調理台へ。ステンレスでできた出世ロードを、少しでも前進することしか見えなかった。

香名が密《ひそ》かに髪を切るように、佐々目は心を殺して持ちこたえてきた。苦しくても、そこにいるしかない。学校から逃れることのできない生徒のように。香名の、そしてもしかしたら、他にも同じように悩む生徒の苦しさなら、誰よりも分かってやれる。

生け垣越しにマリア像に向いて足を止めた。香名と向き合って立っているのは、シスター入江だ。香名が入江に、小さな塊を差し出す。ぽっちゃりした子どもの手から、白くしなやかな手に、ショッキングピンクが渡る。佐々目が拾った、ピンクの折りたたみハサミだ。

――入江のもの⁉

微笑《ほほえ》みとともに受け取った入江が、慣れた手つきでボタンをスライドさせ、ハサミを広げる。そして、服のポケットから何かを出した。白い布テープだ。香名は入江に右手を差し出す。二人の間の習慣のように。

白いテープを十センチほどに切った入江が、香名の右手親指に丁寧に巻いた。手を握り合った二人が、マリア像に向く。頭を垂れた二人から、かすかに祈りの声が聞こえてくる。見入っていると、不意に香名がこちらを向いて身をすくめた。ゆっくりと振り返った入江は、動じることなく「ごきげんよう」と佐々目に会釈し、行きなさい、と香名を目で促した。

「これ、佐々目さんが拾ってくださったそうですね。ありがとうございます」

聖女が手のひらにのせた、不似合いな、ショッキングピンクのハサミを見せる。

「知ってたんですか、香名さんが」

髪を、と言いかけた佐々目の言葉を、入江が唇に人差し指を当てて封じる。廊下で見た、入江の服装検査を思い出した。きっと、香名が隠した不揃いな後ろ髪など、造作無く見つけたことだろう。この目からはきっと、逃れられない。

「彼女と私だけの秘密です。どうか、ご内密に」

この場所で、入江は香名の指にテープを巻いてやり、一緒にマリア像に祈りを捧げていたという。そのときにハサミを落としたのだろう。

「これは、誓いです。これを見て、自分を傷つける衝動を抑えられるようにと」

憂える横顔がマリア像に向く。

「彼女も、あんな空しいことは止めたいと思っているのです」


「そうですか、入江先生も……」

午後一時過ぎ、三階まで階段を上がりながら、毛利が佐々目から話を聞いて小さく息をついた。休憩室での昼食を早々に切り上げ、ランチルームに向かうところだ。「ごきげんよう」「ごきげんよう」と、ランチタイムを終えて出てくる少女たちの波に逆らって歩く。今日のランチルームは縦割りだ。各学年の一組が、揃って給食を食べた。

「ねえ、何をなさるおつもりなの？」

ランチルームに入ると、監督を終えた沼間先生が二人に尋ねる。「いいんですか？　たくさんありますよ？」と井住先生は気遣う。「大丈夫です」と毛利がにこやかに二人を追い出した。

「たくさん、ありますね」

八つの食卓を見た。どの食卓も、食べ終えた食器が置きっ放しになっている。全部で六十二食だ。いつもなら、当番の生徒たちが食器を片付けて廊下に止めた配食ワゴンに戻す。今日は、食べ終えたそのままで出てほしいと頼んだ。

「急ぎましょう。ホテルに戻るトラックに間に合わせないと」

毛利の掛け声で、まずは先生の分のトレイを教壇に取り除けた。靴を脱いで椅子に上った毛利が、一卓ずつ、食卓の真上からデジタルカメラで写真を撮っていく。撮り終えた食卓から、佐々目がトレイと皿を片付けていく。

「ほんと、横並びですね」

放課後、休憩室で、毛利がノートパソコンに取り込んだテーブルの画像を見ながらうなった。

あるテーブルはみんな、ほとんど食べている。あるテーブルはみんな、食べ残しが多い。

「揃ってます」と毛利が続ける。

「残菜率が、テーブルごとに揃ってるんです。完食と食べ残しが一緒のテーブルというのが、ありません」

——みーんな一緒。

香名の醒めた口調を思い出した。

食べる量さえも、周りを気にして合わせているとしたら。ダイエット、とはしゃいでいた人差し指と中指、その後ろで黙ってにこにこしていた香名たちを思い出す。

手を伸ばし、子犬顔の鼻をつまんだ。うが、と抵抗する毛利に告げた。

「鼻をつまんで食べると味を感じない、っていいます」

小学生のころ、祖母が佐々目に嫌いなものを食べさせるときにしたことだ。

「心の一部をつままれた状態で、食べても同じなのかも」

毛利が「植松香名たちも」と考え込む。たった三、四時間前に食べた給食を、香名たちはまったく覚えていなかった。どれだけ意識が給食に向いていないのだ。

――ドレスコードって、そんなもんじゃないだろ。

宴を、食事を、雰囲気を壊さずに楽しむために服装を指定する。それがドレスコードだ。

あ、と声が出た。ドレスコードとは何かを改めて思い出したとき、アイデアがひらめいた。

佐々目の顔を見た毛利が言う。

「お前ら口開けて、とか乱暴な言い方は止《よ》してくださいね。お嬢様学校なんですから」

5

働き始めて五日目になる校内が、昨日までとまるで違って見える。正装祭を迎えた今日から、グレー一色だ。長袖のジャケットで生徒の薄ピンク色のブラウスが覆われ、ハイソックスも白から濃いグレーに変わったからだ。

ワゴンを押しながらランチルームの前につくと、すでに生徒たちが準備を始めている。今日、ランチルームで昼食をとるのは、中学校で初めて正装祭を迎える一年生たちだ。後部ドアから入ってくる一年生たちが席につく。香名たちも入ってくる。親指姫は今日も、白いテープを指に巻いている。

沼間先生と井住先生の指揮で、白いエプロンと帽子をつけた配膳係が食卓の準備を進める。メタルカバーをかけた見本のトレイを、今日は渡さずに教壇に運んだ。あら、と怪訝な目を向ける沼間先生と井住先生、担任の先生たちに「説明させてください」と頼んだ。

皆さん、お口を開けてお待ちください。そう頭の中で唱えてみたが、やっぱり違う。恐れながら、と前置きして、口の中で呟いた。やっぱりこっちだ。

――お前ら、口開けて待ってろ。

何なの、と言いたげに、生徒たちが佐々目を見ている。生徒が全員揃ったのを確認してから切り出した。

「今日のメニューのテーマは、正装祭にちなんで、ドレスコード、です」

用意した文章を思い出そうと、一つ息をついたとき、後ろのドアが静かに開いた。ドアを静かに閉めた入江が、佐々目に試すような目を向ける。負けねえ、と気合を入れて続けた。

「制服も、ドレスコードですよね。学校に相応《ふさわ》しい服を着る。みんな、お揃いです。でも、中身は違う。パッと見は同じでも、味は違う」

聖女が佐々目を見ている。その冷静な顔を見ると給食の出来が不安になる。校長との検食のときも、トレイを見ても、メニューを味わっても、わずかに眉を上げただけだった。気力を奮い立たせて続けた。

「人も同じ。自分の味つけは、自分の自由です。自分次第です。そして、パッと見なんかより味の方が、ずっと大切です」

香名へと、小さくうなずいてみせた。生徒たちに向けて、トレイのカバーを取った。

「どうぞ、お召し上がりください」

教壇を降り、出口に向かった。入れ違いに、何だ普通じゃない、と言いたげに、当番の生徒たちが見本に集まってくる。座った生徒たちも首を伸ばしてトレイの方を見ている。ぎりぎりの時間まで仕上げに追われた、今日のメニューを思い出す。オーブンでこんがり焼き、ソースを掛けたカツレツに、生ハムを添えたサラダ、デザートはケーキとプリンだ。

ええー、とランチルームで声が上がった。振り返ると、当番の生徒たちがフタを開けた食缶に見入っている。静かに、と生徒を制した入江の視線が、ガラス越しの佐々目に向く。どうよ、と視線を受け止めて黙礼した。

「宗ちゃん、あれ」

三年の教室に向かうと、廊下にいた柳井が、嬉しそうに教室の中を目で示した。生徒たちのはしゃぐ声が聞こえる。二階の二年生の教室は、三年生以上の盛り上がりだ。担任の先生の制する声を、少女たちの嬉しそうな声がかき消している。

「いい感じですね」

一足遅れて三階の視察から下りてきた毛利が、二階の騒ぎを聞いて顔をほころばせる。

「ほんと、可愛いですもん、これ」

休憩室に戻ると、一足先に戻った七波が、自分のトレイに見とれている。

ソースを掛けたカツレツ、に見えるのは、実はチョコレートソースを掛けたバニラケーキだ。ケーキに見えるのは、ホワイトソースでコーティングした、チキンロールの冷製。プリンに見えるのは、付け合せのカボチャのマッシュ。キャラメルソースはバルサミコソースだ。

「ドレスコード」という言葉から思いついた。

「中学生の女の子が望むのは、栄養でも満腹でもない。食べるのは、食べ物であって食べ物でないんですね」

毛利が研修用のメモを取りながら、しみじみと呟く。

「ありがとうございました」

柳井と七波に、もう一度、頭を下げた。急なメニューの変更も、「ホテル給食存続の危機だから」と受け入れ、面倒な作業も頑張ってくれた。

「よかったですよ。キャビア出してもアワビ出しても喜ばなかった子たちを、キャーキャー言わせたんですもん」

「何て言ってもこれ。宗ちゃん、グッジョブ」

柳井が持参のマイ箸で、サラダに添えた「生ハム」をつまむ。薄くスライスした桃だ。念入りに包丁を研いで挑んだ。出来は上々だ。

これは予定にはなかった。普通にフレッシュフルーツとして添える予定だったが、朝、ホテルから届いた桃を見て、思いついたのだ。二百人分、慎重に薄くスライスし続け、さすがの佐々目も今、肩や腕が痛む。それでも、その甲斐はあった。

残菜率は少し下がった。V字回復とはいかなくても、回復の可能性はあると証明できたのだ。ホテルに移動した夕方、ディナーの準備に厨房に向かう廊下で、「やるじゃん」と嗄れた声をかけられた。ホテル内のレストランを巡回中の窪が、佐々目を見てにやりと笑う。

「久しぶりだよな、その、くそ生意気そうな顔」

佐々目の肩を小突いて、窪が去っていく。

久しぶりに怒った。悲しんだ。笑って、喜んだ。フリーズドライだった心に、いつの間にか水分が戻っているのが、自分でも分かった。


「……どうしたの⁉」

週明けの昼、下膳を終えた二階の吹抜前で、階段に向かう五本指と出くわして息を吞んだ。真ん中にいる親指姫がうつむいている。その、背中まであった長い髪がばっさり切られ、首筋が見えるほど短くなっている。なんで、と歩み寄った瞬間、香名が顔を上げ、にやりと笑った。「またびっくりしてるー！」と他の四人も佐々目を笑う。

びっくりするよねー、と中指が、香名の髪を撫《な》でる。

「香名ちゃん、お家で髪にガムをくっつけちゃったんだって」

「ついてないよね」

少女たちが、香名の頭を撫でていたわる横を、青リボンの二年生たちが通る。「ごきげんよう」と挨拶した中指たちが、怖いお姉様たちから逃げるように、佐々目から離れていく。香名だけが、足を止めたまま、髪をかきあげる真似をして、早口でささやいた。

「あると切っちゃうから」

一歩踏み出して、また振り返る。

「桃の生ハム、カッコいい。私も、桃の生ハムみたいな人になる」

後ろ手で手を振って、香名が仲間を追う。白いテープを巻いた親指が遠ざかっていく。

「言い訳ですね」

振り返ると、研修の打ち合わせに向かうところの毛利が足を止めて苦笑している。

「ガムは言い訳ですよね。仲間への」

「今度、ゆっくり聞きましょう」

あの隠れ家で、と目で示そうとしたとき、階下から来た作業着姿の男が二人、佐々目たちの前を横切った。

一人は折りたたんだ台車を持ち、もう一人は金属の棒を数本と道具箱を持っている。二人はまっすぐ、廊下の突き当たりへと進んでいく。「佐々目さん」と毛利が、突き当たりの窓を目で示す。

「気になりますか」

三階から降りてきたシスター入江が、佐々目たちへと歩み寄る。口元に薄く笑みをたたえ、突き当たりの窓へと向く。

「先週、植松香名たちと一緒にいましたね。そこの、給食室の屋上に」

反射的に毛利の顔を見てしまい、しまった、と体が硬直した。誘導尋問にひっかかったかと思ったが、そうではなかった。入江が種明かしのように言う。

「人に頼る者は、秘密は持てないんですよ」

――まさか。

庭園で、香名の指にテープを巻いていた入江。優しく手を握り、共に祈っていた入江。優しさ、愛情だと思っていた行為の向こうから、思わぬものが透けて見える。

「植松香名から聞き出したんですね」

教室から階段へと歩く生徒たちの向こう、開け放した窓の外に降りていく男たちを見て、毛利が低い声で尋ねる。

「植松香名たちのために黙ってらしたんですね。明らかな校則違反、しかも、危険を伴う行いを」

言葉につまった毛利を、「空しいこと」と入江が見据える。

「なぜ、そう生徒を甘やかすのです？　正装祭の給食もそう」

入江が佐々目たちに向き直る。

「中学生はもう、子どもではありません。お子様ランチのように、機嫌を取って食べさせるなど、過剰な甘やかしです。奇をてらわず、真っ向から勝負をなさるべきです」

「好き、楽しいが大切なんじゃないですか？」

エスコフィエの言葉で反撃した。ホテルリッツの伝説のシェフ、料理の王様エスコフィエ。その伝記を、この一年半心の支えにしてきた。

「だから、ありきたりでなく、夢のあるメニューに変えようと」

「簡素こそが、偉大ではないのでしょうか」

入江が佐々目の顔を見上げる。その口元が、薄く笑う。

「簡素にすることが、かえって効果を生むものだと」

——どうして。

入江が返したのも、同じエスコフィエの言葉だ。贅沢に背を向けた修道女がなぜ、美食の王様の言葉を諳《そら》んじるのか。この人は何者だろうと、その顔を見た。入江は動じることなく佐々目、そして毛利を見つめ返す。

「お二人と、早々にお別れということがありませんよう」

突き当たりの窓に、男たちが柵を取り付け始める。それを見届け、優雅に会釈した入江が、階段を下りていく。

入江のあとを追うように、きれいに整列した生徒たちが、佐々目たちの前を通り過ぎて本館に向かう。全体礼拝のためだ。佐々目さん、と毛利に示され、通り過ぎる生徒たちの指を見た。香名と同じように、指に白いテープを巻いた生徒がいる。一人、また一人。入江に取り込まれた生徒が、次々と目の前に現れる。

「振り出しに戻っちゃいましたね」

壁に身を寄せ、生徒が行き過ぎるのを待ちながら、毛利に肩をすくめてみせた。

やっと見つけた小さな生徒との交流の場は取り上げられた。協力してくれる先生すらいない。自分たちがグレーの海に飲み込まれそうな、小さな島に思える。いいえ、と隣から小さい声が応えた。

「もっと、いい方法が見つかりました」


本当に大丈夫なのか、と、休憩室で小刻みに飛び跳ねている毛利を眺めた。

一日の仕事を終え、毛利いわく「準備」が済むのを待っているところだ。白衣に帽子のまま、毛利は飛び跳ね続けている。

「それを、見て」

息を切らせる毛利が、顔でテーブルの上を示す。毛利愛読の女子中学生雑誌『リコラ』が開いて置いてある。「見て」と急かされ、目が痛くなるような細かい文字の並ぶ誌面に目を向けた。

『神がお手本！　神的・おしゃれライフスタイルのすべて』

意味が分かりません、と毛利に向くと、「しっ」と小さい歯をむき出しにした。

「学校には、神と呼ばれる子が、いるとか」

毛利のジャンプは続く。おやつをねだるチワワのようだ。

「先輩からも、後輩からも、同級生からも、先生からも、誰からも愛され、親しまれている子。神のように、誰からも嫌われることのない、奇跡の存在。この学校にも、きっと」

子犬顔が天を仰ぐ。

「アイドル的存在の生徒が、充実した給食をおいしく食べる、完食する！　そうすれば、生徒たちはこぞって真似をするでしょう。横並び意識が強いということは、波及効果も大きいということです。ファッションの、ように」

ジャンプを止めた毛利が、よろけながら歩き出した。額に汗を滲《にじ》ませ、顔を赤く上気させて廊下に出る。何する気だ、と追うと、毛利は休憩室の斜め前で止まり、ドアをノックした。

「はい」と保健室のドアを開けたのは、井住先生だ。毛利がドア枠を握りしめ、大げさによろけた。

「……すみません、僕、具合が……」

さっきまで飛び跳ねてただろう、と唖然《あぜん》と見る佐々目の前、井住先生が「まあ」と毛利を見て声を上げる。井住先生の後ろから、沼間先生も顔を出す。

「顔が赤いわ。汗もかいて。熱かしら」

「苦しい……」

泣き出しそうに歪んだ子犬顔を見て、井住先生が「大変」と声を上げる。

「何してるの佐々目さん、中に、ほら」

急かされて仕方なく、仮病チワワに肩を貸して保健室に入れた。

白蘭中学校の保健室は、若竹小の保健室の倍近く広い。内装は淡いピンク色で統一され、ソファーセット、シャワー室まで備えられている。三台あるベッドの一台に、井住先生が毛利を寝かせる。白衣を脱がせ、額の汗を拭き、氷枕を入れ、冷却材を貼り、スポーツドリンクを飲ませ、と、二人掛かりで黒チワワがお世話されている。ああ、と子犬顔が苦しそうに息をつく。

「ホテル給食の研修が大変で、僕、もう何日も寝ていなくて……」

お疲れさまです、と、井住先生が毛利の白衣を丁寧に畳んでやる。「そんなに大変なの？」と、沼間先生が目に被さった毛利の髪をどけてやる。「ええ……」と、ひとしきり苦労話を披露し、十二分に同情を引いたところで、毛利はおもむろに切り出した。

「この学校の『神』は、誰ですか……？」

え、と二人が目を見張る。神とは何か、と聞き返さないところを見ると、存在を知っているらしい。

「よりよい給食を実現するために、力を、借りたいのです……」

すがるような目で、毛利が沼間先生と井住先生を見上げる。二人が顔を見合わせる。

「なんで、そんなことを知りたいの？」

身を乗り出す沼間先生を、井住先生がさりげなく手で制する。

やはりガードが固い。切り崩そうとしてか、毛利が「う……」と苦しげに息をつく。

「毛利さんは、必死なんです」

心を決めて、加わった。ホテル給食存続のためだ。毛利の将来も掛かっている。何より、ここを乗り越えなければ佐々目の夢がまた遠ざかる。嘘の片棒くらいいくらでもかついでやる。二人の視線が毛利から佐々目へと向く。

「この学校の生徒さんたちを、給食で幸せにしようと……毛利さんは、我が身を削って、頑張ってるんです」

少し考え、そして付け加えた。

「毛利さんは、本物の栄養教諭です」

黒目がちな目が見開かれた。ふん、と言いたげに唇が突き上がる。井住先生たちの視線を受け、毛利が「ああ」とまた慌てて苦しげな表情に戻った。先生たちが、目と目で相談している。

「……約束できる？」

沼間先生が、毛利に向く。

「私たちが教えたって、誰にも言わないって」

心配そうな井住先生に、毛利が「もちろん」と力強く誓う。ちらりと毛利と視線を交わし、出てくる名前を二人で待ち受けた。

2章　オーダー

1

――この人は、給食以外は何を食べているのだろう。

細い骨を巧みに外す箸の動きを見ていると不思議になる。視線を感じたのか、シスター入江が箸を止め、テーブルの傍《そば》に立つ佐々目を見上げる。慌てて目を逸らし、奥の棚にひっそりと佇む、マリア像へと視線を移した。

白蘭女子学院中学校の校長室は、壁一面の本棚をバックに校長のデスク、八人掛けのテーブルとクッション張りの会議椅子が並んだ、広々とした空間だ。白いレースのカーテンが、秋の風で柔らかく揺れる。カーテン越しに差し込む陽の光も、寄木細工の床で同じリズムを刻む。

午前十一時四十分、校長室のテーブルでは、入江と校長が検食の最中だ。公立校と同じように、生徒たちより先に給食を食べ、味や内容に異常がないか確認するためだ。

佐々目、そして柳井の視線に臆することなく、入江はノドグロの焼き物を悠然《ゆうぜん》と味わっている。黒塗りの箸をあやつる白い手に、つい、また目が吸い寄せられる。入江の隣で小畑校長が思い出したように「ああ」と吸い物の椀《わん》を置いた。

「柳井シェフ、マナー教室の初日に、新聞社の取材が入ることになりました」

来週、白蘭女子学院中学校では、ランチタイムにマナー教室を行う。一年から三年までの縦割りで三回に分け、ウェイター付きでコース料理を食べる。

このごろは、テーブルマナーの講習を取り入れる学校が増えた。ホテルのレストランを団体で訪れて、という学校が多い中、白蘭中は自校で本格コース料理を供し、生徒にマナーを学ばせる。気合の入れ方が他校とは段違いだ。初日に理事長に聞かされた通り、白蘭女子学院というブランドの価値を上げるためなのだろう。

「スタッフ一同、心して当たらせていただきます」

柳井がにこやかに応える。佐々目と同じように、チャンス到来と喜んでいるのだろう。

「当日の料理が楽しみです。私たちもお相伴できてありがたい。マナー教室を疎んじる生徒も、皆さんの料理があれば大丈夫でしょう」

小畑校長が、ノドグロに添えたはじかみを、ぽりぽりと食べながら一人うなずく。校内の平和が第一の、小畑校長らしい発言だ。お嬢様のくせにコース料理を面倒がる生徒などいるのか、と想像をめぐらせていると、かちり、と小さく箸を置く音がした。

入江がお茶のグラスを口に運びながら、隣の小畑校長にちらりと目を向ける。今度は一瞬の間を置いて、小畑校長がまた「ああ」と声を上げた。

「それで、今回のメニューは、過剰な演出はなしで、ってことで、お願いします」

ほんのわずか眉根を寄せた柳井が「具体的には？」と尋ねる。今度は小畑校長が入江にちらりと目を向けた。

「ええと、先日の、ね？　正装祭のような、ね？」

ワンフレーズごとに、目がちらちらと聖女に向く。よろしい、と言いたげに、グラスから離れた入江の口元がかすかにほころぶ。言えと小畑校長に命じていたのだろう。

——逆らえないよな……。

今朝、用事で赴いた職員室で、職員朝礼の様子を目にした。男性は小畑校長一人だけ。九人いるクラス担任、家庭科の沼間先生、養護の井住先生は全員女性だ。そして、その十一人の上に君臨しているのが入江だ。

——入江先生に逆らったら、校長は私たち全員を敵に回すことになるの。

家庭科の沼間先生と、養護の井住先生が教えてくれた。

——たぶん、生徒も？

女の園だから、という理由だけではない。恐れられるということは、それだけ力を持っているということだ。実際、入江が着任してから、校内の問題も減ったという。頼りにする教師や生徒も多いだろう。それでも、負けるわけにはいかない。

「皿の上の演出は、食欲を引き出す、という目的もあります。生徒の皆さんに、バランスよく食べてもらうためにも、多少のことは」

食い下がる柳井の公家顔から、笑みが消えている。新聞社の取材が入る給食を豪快に食べ残されたら、ホテル給食の不人気を大々的に宣伝することになってしまう。

正装祭で少し下がった残菜率は、それきり下がらない。結果が出せなければ、ホテル・マイヤーズ東京の給食課は、今年度限りで白蘭中を撤退することになってしまう。たった一年で。

「給食は、ね、あくまで、教育のためのツールですから、ね」

横目でちらちらと入江を窺いながら、小畑校長が逃げ切りを図る。入江は炊きこみご飯を上品につまんで味わっている。量は控えめにと頼まれている。成長期の中学生を対象にしたカロリー計算は、成人女性には多すぎるから、という理由だ。それを思い出したとき、「あの」と、佐々目は小畑校長のように声を上げた。

「食欲が湧かなければ、マナーのレッスンが成りたたないじゃないですか」

小畑校長と柳井が、即座に入江に向く。入江は目を伏せて、吸い物を味わっている。

「それに、視覚で味わうというのも、大切な学びじゃないですか？」

どうだ、と入江を見ながら、自然と手が調理服の裾を摑んでいた。小畑校長は回答を完全に投げ、柳井と揃って入江の出方を窺っている。

入江が椀を置き、斜め前に立つ佐々目を見上げた。口元が、慈愛の笑みをたたえる。

「給食室の皆さまなら、味わいだけで十分勝負していただけると信じておりますから」

肘の後ろを柳井につつかれた。配食の時間も迫っている。退却しようと挨拶して出口に向かったとき、「お待ちください」と入江に呼び止められた。

ソファーから立ち上がった入江が、キャビネットの上の箱から何かを出し、佐々目たちに歩み寄る。

「これ、よかったら給食室の皆さまで」

首をかしげつつ促されて手を出すと、入江がその上にプラスティックの小袋をいくつかのせてくれる。砂糖でコーティングしたクッキーだ。ありがとうございます、と礼を言って廊下に出た。

「菓子でフォローとか」

子ども扱いかと鼻で笑い、柳井に小袋を見せようとして足が止まった。「何？」と小袋を見た柳井が「うわ」と小さく声を上げる。

プラスティックの袋には、ライバル、ダイヤモンドホテルの名前とロゴが記されている。甘い砂糖でコーティングされた入江のメッセージが、胸に突き刺さった。

「脅しですよ」

ランチルームのシンクで白い布巾の一角だけを濡らしながらぼやいた。乾いた面で包み、入江め、と渾身の力で絞り上げる。四時間目終了のチャイムが葬送行進曲に聞こえる。

「命令を聞かなければ、ホテル給食の業者をダイヤモンドホテルに変えますよ、ってことですか」

佐々目の隣で、毛利がミネラルウォーターのタンクを用意しながら、肩をすくめる。

今日は配食を七波と職員に任せ、検食を終えるとすぐに、柳井とランチルームにやってきた。毛利が初めて行う、食育授業に協力するためだ。コンロにかけた大鍋に、どぼどぼとミネラルウォーターを入れながら、柳井が「参ったな」とぼやく。

「あんなメニュー、飾り無しで、って。食べてもらえる気がしないよ」

テーブルマナーを学ばせるためのメニューは学校指定だ。七波が「生徒いじめ」と評した内容は、骨付き鶏もも肉のロースト、アクアパッツァ、レタスサラダ、ミルフィーユ。骨や魚介の殻と格闘し、サラダの水はねを気にし、パイ皮の崩れが面倒になった生徒たちが、早々にナイフとフォークを置くのは、火を見るより明らかだ。

「取材が入ったところで、食べ残しが多かったら、ねえ……せっかく研修に来てくれた毛利先生も厳しいですよね」

柳井がすまなそうに、毛利に振り返る。「大丈夫です」と、子犬顔が口元を引き結ぶ。

「僕らには、強い味方がいます」

入り口に振り返ると同時に、「ごきげんよう」「ごきげんよう」と生徒たちが入ってきた。胸にはそれぞれ緑、青、赤のリボン。一年生から三年生までの縦割り給食だ。料亭で使うような立派な昆布を、優しく湿った布巾で拭《ぬぐ》いながら待つ。この白蘭女子学院中学校の「神」を。

——三年一組、中園季里《なかぞのきり》。

佐々目たちの最後の希望である神の登場が待ち遠しい。沼間先生、井住先生と入ってきた入江を見ながら、見てろよ、と握りしめた昆布がぴしりと音を立てる。慌てて力を抜いたとき、毛利に腕をつつかれた。

「来ました」

毛利が指差した女の子を見て、驚きで昆布がまたぴしりと音を立てた。

——あの子が「神？」

同級生と一緒に「ごきげんよう」と入ってきた季里は、勝手に思い描いていた超絶美少女とはまったく違う。細身で背と腰の位置が高く、手足が長い。今どきの子らしいスタイルの良さだ。他の少女たちより目立って優れているのはスタイルだけで、あとはごく普通だ。

天然パーマなのか、ゆるくウェーブがかかった髪を、前髪を作らずにさらりと伸ばし、小作りな色白の顔は、美人というよりはファニーフェイス。後輩たちと小声で挨拶を交わしているから嫌われてはいないのだろうが、「神」と呼ばれるようなきらびやかな輝きは、まったく感じられない。

大丈夫なのか、と毛利に向くと「中園季里はあの子です」と力強くうなずく。心なしか子犬顔も不安そうだ。頼む、神でいてくれと全力で祈った。

「お願いします」

入江の声で、慌てて姿勢を正した。今日のメニュー、ノドグロの焼き物とインゲンの胡麻《ごま》和《あ》え、デザートの栗菓子を載せたトレイが、気づくと全員に行き渡っている。吸い物の器は、佐々目たちが控える壁際のシンクの傍、作業台の上に並んでいる。入江の先導で食前の祈りを捧げたあと、毛利が教壇に立った。

「それでは、本日の味覚授業を始めます」

ランチルームの後部には、毛利の研修を見守る小畑校長、学校職員、そして白蘭女子学院の小学校と高校の家庭科の先生をはじめ、数人の先生も見学に来ている。そちらに小さく黙礼したあと、毛利が生徒たちに切り出す。

「今から、取り立ての出汁《だし》を、皆さんに味わってもらいます。出汁は皆さんも知っている通り、和食の基本です。口に含んでどんな味わいを感じたか、いただきながら、話し合ってください」

柳井と手分けして、二つの大鍋に昆布を入れて火にかけ、ぷつ、ぷつ、と泡が浮かんだらすかさず引き上げ、箸が立つほどの鰹節《かつおぶし》を贅沢に投入する。一呼吸置いて、鰹節も引き上げ、晒しの布巾を敷いたザルで漉《こ》し、用意していた塩と酒、醤油で味つけをして完成だ。傍の作業台に用意した、フタつきのお椀の中には、京都から取り寄せた生麩《なまふ》と、火を通したサヤエンドウが入っている。

柳井と佐々目が椀に出汁を注ぎ、白い帽子とエプロンをつけた当番の生徒たちが、それを配っていく。広いランチルームの中に、贅沢な出汁の香りが広がり、後部にいる先生たちの間から、感嘆の声が上がった。有名な料亭では、香りが飛ばないよう、座敷の隣で出汁を取って吸い物を出す、と本で読んだことがある。同じことを、中学校の給食でやることになるとは思わなかった。

幸福なお嬢様たちが、吸い物を味わってはひそひそと話し合っている。「味はどう?」と、毛利が青リボンを結んだ、日本人形のような二年生に問いかけている。ひとしきり味見が終わったのを見計らい、毛利と目と目で合図を交わした。

——どうか、神がいますように。

次は、鯛の出汁を小さな器に入れ、生徒に配って味見してもらう。行き渡ったところで、あらかじめ許可をもらった入江に示してから、用意したものを、生徒たちに披露した。

「鯛の鯛、です」

魚の形をした小さな骨は、鯛の胸びれを支える骨だ。

「開運のお守りとして、尊ばれている骨です。誰かに、プレゼントします」

若竹小の子どもたちなら奪い合いになるだろう。しかし、そこはお嬢様。おっとりと顔を見合わせる。そして風に吹かれたように、同じ方へと向いていく。

「キリ」

「キリちゃん」

「お姉さま」

あちこちから、ささやき声が湧く。ランチルームの前から後ろまで、八卓の生徒全員が、季里を見つめている。ほら、と周りから促され、季里が自然に立ち上がる。注目されているのに慣れているようだ。佐々目たちのもとへと歩く季里を、同級生は嬉しそうに見守っている。後輩は憧れの目で見つめている。冷やかな目、反感の目で見ている生徒は、探しても見つからない。

「入江先生」

少し高めの柔らかな声がした。季里が、佐々目のもとに来る前に、見守る入江に歩み寄ったのだ。

「一人だけいただくのは、どうかと思います。先生が代表して受け取られてはいかがですか？」

季里は入江に対しても臆することがない。まっすぐに目を見つめて話しかけている。入江が、自分より少し背の高い季里を見つめて、一瞬ののちに答えた。

「では、皆さんで回して観察なさい。そのあと、今ここにいない方たちにも分かるように、展示にしましょう。伝えることも、大切な学びです」

「分かりました」

季里が佐々目の差し出す「鯛の鯛」を受け取る。生徒たちが一斉に、小さく拍手をする。季里の指に白いテープが巻かれていないことを目で確かめたとき、心の中でファンファーレが鳴った。毛利と目が合い、小さくうなずき合った。

誰からも愛され、入江にも臆することがない。季里は、この学校の神だ。

——どの辺が「神」なんだろう。

仕事終わり、本館理事室へ来月のメニュー表を届けに行った帰り、一階ホールで足を止めた。

エレベーター前で季里が後輩たちに「お姉さま」と囲まれ、高校校舎から来た先輩たちにも、「キリちゃん」と通りすがりに頭を撫でられたり、肩をつつかれたりしている。美人ではないが、女性から見たら可愛らしいといったところなのだろうか。

女に好かれる女。電車の中で見た女性誌のコピーが頭に浮かぶ。職場の対人関係でさんざん苦労してきた自分と引き比べ、スキルを伝授してほしいと本気で願った。天使たちに囲まれた神は、エレベーターに向かうのも一苦労だ。

「待って」

エレベーターに一人乗り込む季里を、チャンスだと追いかけた。青リボンの群れを抜け、ドアが閉まる直前に滑り込んだ。

「ごきげんよう」

屈託なく季里が目礼するのと同時に、エレベーターが上昇を始める。目で問われ、考える暇もなく「五階をお願いします」と適当に告げた。季里は不思議そうな顔をしたが、「はい」

と応えてボタンを押す。五階には礼拝堂くらいしかないのを思い出して焦ったが、もう遅い。

操作ボタンの前に立つ季里を、対角から見た。初日に入江とエレベーターに乗ったときのようだ。給食を好きになって、というのを何と切り出そうか、とためらっているうちに、エレベーターはあっという間に三階に着いた。降りようと背を向けた季里に「あの」と切り出した。振り返った季里の戸惑い顔を見て、焦りで早口になった。

「ホテル給食、どう思う?」

なんで、というように、季里の唇がわずかに開いた。しかし、すぐに唇が揃って上向きに弧を描いた。

「おいしく、いただいております」

季里がしとやかに頭を下げる。

「いつも、ありがとうございます」

模範解答に返す言葉が見つからない。前に向き直る季里を「ああ」と呼び止めた。何この人、という訝《いぶか》しげな視線に負けまいと、声を上げた。

「前の、自由食と比べては、どうかな?」

一瞬考え込んだ季里が、よどみなく答えを返す。

「前は、楽しくいただいておりました。今は、ホテルの方が作ってくださる給食ですから、大変興味深く思っております」

佐々目の言葉を封じるように、季里が小さく頭を下げ、エレベーターから踏み出す。待って、と追おうとして足がすくんだ。

エレベーター前に青リボンの集団が湧いたかと思うと、さっと季里を囲んだ。激しく息を切らしながら、佐々目を一斉に睨みつける。さっき、一階で季里を囲んでいた集団だ。階段で追ってきたのかよ、と啞然と立ちすくんでいるうちに、神は天使たちに囲まれて去っていく。佐々目の前で、エレベーターのドアが無情にも閉まった。


「それって遠回しに、前の方がよかった、って言ってることですよ……」

子犬顔がデジタルカメラからパソコンに画像を取り込みながら、悲しげに吠える。

「やっぱり、そうですよね……」

キッチンから運んだ刺身の皿を置くついでに、画面を覗いて納得した。

今夜は、ホテルのシフトは入っていない。食育授業のあと、夕方まで白蘭中に残っていた毛利と、佐々目の家で作戦会議を開いた。日の暮れが早くなってきたおかげで、早めの時間から酒を飲むのも気がねない。

と、言っても突然なので大したものは作れない。キッチンもまだまだ、由比先生が言うところの「引っ越ししたて」だ。休みの日に作った炒り銀杏の他は、帰りがけに寄ったスーパーで買ってきたものに、簡単に手を加える程度だ。サンマは刺身にして、細切りにした香味野菜をたっぷりと合わせた。秋茄子は厚揚げと味噌炒めに。里芋を洗ってオーブンに入れ、きのこご飯を圧力鍋で炊く準備をしてから、冷酒のグラスを片手に部屋に戻り、改めてパソコン画面を見た。

ランチルームで集めた、生徒たちの食後のトレイ画像、食べ残しのデータだ。このデータを取るために、佐々目と毛利は、本来は生徒がやるはずの後片付けまで引き受けている。

「本当、好きなものしか食べませんね……」

皿の上に残されたものを見ながら、ため息が出た。

一口も手をつけず、丸ごと残されたメニューがごろごろある。嫌いでも一口は試してみよう、という心意気は、どこを探してもない。マナー云々《うんぬん》より先にこっちを注意しろ、と、心の中でシスター入江に向かって叫んだ。

「食育の知識はあるはずなのに」

毛利が焼酎のロックが入ったグラスを置き、バッグの中から出した紙束をテーブルの上に広げる。食育授業で行った小テストは、どれも百点だ。

「評価に関わる知識は完璧、でも食べることはまた別ってわけです」

「……みんながみんな、ダイエットをしてるわけじゃないと思うんですけど」

季里を始め、折れそうに細い体型の生徒もたくさん見かける。それに女の子とはいえ、中学生は基本、食べ盛りというイメージだ。

「自我です」

指先でデータ画像を叩いた毛利が、「若竹小で由比先生に聞いてみました」と続ける。

「中学生は、小学生よりも食べさせるのが難しいそうです。自我が出てきて頑固になる。自分の好みに固執するようになるから、好きなものしか食べない」

「好きな人しか受け入れない」

さっきの神と天使たちの態度を思い出して付け加えた。

好かれたいわけではない。ホテル給食を食べてほしいだけだ。目の前にある食に、どれだけの人手と思いが関わっているかを知れば、自分から食べたくなると思う。

――でも、あそこじゃな……。

キッチンに立ち、ワサビ醬油と、塩辛、オリーブオイルを小皿に入れながら、今いる給食室を思い浮かべた。

白蘭中の給食室は中学校舎の一階、校長室や職員室、事務室など、管理部門が並ぶフロアの果てだ。階段からも遠く、ガラス張りにはなっていても、調理の様子を見に来る生徒などいない。保健室に出入りする生徒が、ちらりと視線を投げていく程度だ。

若竹小の給食調理場は恵まれていた。全児童が必ず行き来する校舎の中央にあり、あっち行け、と言いたくなるくらい、いつも子どもたちが群がっていた。

あの距離が生徒たちとの距離だと実感する。中学校舎の中央、吹き抜けの正面玄関を通りながら、下校する生徒に「こんにちは」と言っても、「ごきげんよう」と素っ気ない挨拶が返ってくるだけだ。

——たぶん生徒の誰も、俺の名前、覚えてないよ。

柳井が寂しげに言っていた。

佐々目たちより校内にいる時間が短いこともあり、配食のときの「召し上がれ」以外、接点もない。シェフ給食と題して、ランチルームで一度生徒たちと給食を食べたが、ろくに話もしてもらえなかったという。女性、しかも若い七波でさえ、生徒たちと、まともに会話を交わしたことがない。

——中学生のお嬢様から見たら、こっちなんて庶民のババア。

神どころか、他の生徒にも近づけない。懸命に料理を作っても、客に来てもらえない店のようだ。

「こういうものが必要なのです」

毛利が佐々目に示したのは、オーブンで焼き上げた里芋に添えた、ワサビ醬油やオリーブオイル、塩辛の小皿だ。

「神が、給食や僕らに食いついてくれる何か。小さいことでいいんです」

「それを、探すしかないですね」

熱々の里芋で毛利と乾杯し、オリーブオイルと塩辛をつけてかじりついた。オリーブオイルの香りと塩辛の旨味が、ねっとりと柔らかな里芋の甘みを引き立てる。こんな風に、給食を引き立たせる何かを見つけるしかない。来週のマナー給食までに。


「おはようございます」

声を掛けると、おはようございます、という丁重な挨拶と、何この人、と言いたげな訝しげな視線が返ってくる。

翌朝の七時過ぎ。早めに出勤して着替え、毛利と本館四階のラウンジにやってきた。生徒たちの交流の場として設けられたスペースだ。

柔らかな朝陽が差し込む全面ガラスの向こうには、空中庭園が広がっている。窓沿い、そして壁沿いに、よく手入れされた木のベンチが並んでいる。ぽかりと空いた中央の床では、青リボン、二年の生徒たちがスカートを広げてぺたりと座り込み、造花のバラを作っている。

「朝から大変だね」

声を掛けても、返事はない。佐々目たちの介入を拒むかのように、厳しい顔つきで茎にテープを巻き、息を詰めて花びらを広げている。どうするよ、と毛利に横目で問いかけた。

今週は早朝、本館で二年生が奉仕活動をしている。友愛・勤勉・奉仕、という校訓の通り、白蘭女子学院は奉仕活動に力を入れているからだ。朝なら生徒も少なく、話しかけやすい。そんな目論見《もくろみ》は見事に外れた。

「みんな、食べたい給食、ある？」

毛利はめげずに生徒に問いかける。

この際、栄養や食育よりまず、コミュニケーションが優先だ。糸口を掴むために、まず、生徒の食べたいものを作ろうと話し合った。栄養命の毛利には、苦渋の決断だっただろう。それなのに生徒たちは、ひたすらバラ作りに打ち込んでいる。

バラ軍団だけではない。自習室でポストのような箱を作っている生徒たちも、理科室で集めたペットボトルのキャップを計量している生徒たちもだ。俺たちにも少し奉仕の優しさを分けて、と、肩を落として廊下を歩いていると、「いた」と毛利が床を蹴って疾走した。

「ちょっといいかな⁉」

びくり、と振り返ったのは、ペットボトルのキャップを詰めた袋を運んできた青リボン。味覚授業のときにもいた日本人形だ。「私？」と驚いたように毛利を見上げた顔から、感心するほどまっすぐに整えられた髪が、さらりと落ちる。

「……二年一組、東山涼音《ひがしやますずね》です」

毛利に尋ねられ、ためらいながら名前を告げた涼音の、上履きの踵《かかと》が浮いている。隙あらば逃げ出そうとしているのだ。毛利が前に回り込み、優しく尋ねる。

「君が給食で食べたいもの、何かあったら教えて」

戸惑うように、日本人形が宙を見つめる。お洒落なのだろう、襟元のリボンは左右対称にきれいに結ばれ、襟にもジャケットにもシワ一つない。黙っている涼音に向けて、毛利が「給食で」と辛抱強く繰り返す。涼音がようやく、小さい声を絞り出した。

「……正装祭のときの、みたいな？」

失礼します、と涼音が小走りで去っていく。涼音を見送りながら、毛利が肩をすくめた。

「……明日に持ち越しですね」

求めていたのは、エビフライやいなり寿司、といったメニュー名だ。正装祭のときのような「奇をてらった」給食は、シスター入江によって禁じられ、もう作ることができない。作ろうと思えば作れるのに、と、頭の中に浮かんだアイデアを空しく押し戻そうとした。

「……待ってください」

中学校舎に向けて歩き出した毛利の肩を摑んで引き止めた。

「あの子のリクエスト給食、できるかもしれません」

2

盛り付け見本を載せた、シルバーのトレイを、受け取りに出てきた沼間先生に向けて掲げた。「説明させてください」とランチルームに入りながら、目で生徒たちの中を探した。日本人形の艶やかな髪は一目で分かる。毛利が涼音に近づき、佐々目が手にしたトレイを示して何か言っている。君のために作ったよ、といったところだろう。

正装祭のときのような給食。本館で涼音にそう言われた翌日、運よく披露するタイミングがやってきた。今日も縦割り給食で、白蘭中の神、季里も同席している。神に給食を売り込むには、絶好のチャンスだ。教壇にトレイを置き、何なの、と見守る生徒たちの前、メタルカバーを開けた。

「今日の給食は、食べられる器です」

メニューはオムライス、カニサラダ、カボチャのポタージュ、デザートのプティフール。ポタージュだけは器に入れたが、あとは食材が器だ。

オムライスは丸く焼いた卵焼きの上に、チキンライスと付け合せのブロッコリーを盛り付けた。トマトソースは、チーズを焼いて作った小さなカップに入れて添えてある。カニサラダの器は、かつら剝《む》きにした大根の間に、ピーラーで薄くしたキュウリと千切りにしたニンジンを散らして巻いたものだ。中に入れたカイワレとカニが、小さな花束のように見える。ホテルメイドのプティフールは、ビスケットのカップにフルーツとクリームが入っている。

風のうなりのような抑えた歓声が、辺りを包む。可愛い、と、ぱらぱらと声が上がり、教壇に少女たちが集まってくる。涼音のリクエストであることも生徒たちに告げ、そして付け加えた。

「器は、食べることに欠かせませんから」

語りかけたのは生徒にだけではない。ランチルームの後方で、静かに成り行きを見守っているシスター入江にもだ。泰然と佇《たたず》んでいる聖女に、心の中で告げた。

――どうだ、これなら文句ないだろ。

検食のときに野菜の器を見せると、入江は何も言わずに柳井、佐々目を見上げた。咎《とが》められているような気がして、生徒のリクエストです、と、聞かれもしないのに説明した。入江が口にした言葉は、確かめるためだけのような一言だけだった。

——生徒の、リクエストで。

涼音は驚いたように、トレイを見つめている。その隣で説明する毛利が付け加える。

「小さいカボチャが手に入れば、くりぬいてポタージュも入れられたんだけど」

惜しい気持ちを振り払い、季里の様子を窺った。周りの生徒たちと教壇を囲み、食べられる器を見ながらささやき合っている。反応は上々だ。吹き抜けを挟んだ向こう、そして階下へと耳を澄ませた。三年生や一年生も喜んでいてほしい。

「どうしたの？」

季里の鋭い声で、水を打ったように、辺りが静まり返った。

「どうしたの？」

毛利の戸惑ったような声に、まさかと振り返った。

いたわるように季里に肩を抱かれた、涼音の頬に涙がこぼれている。声を出さずに、静かに泣いているのだ。仲良しなのだろうか、周りの生徒が自分も泣きそうになりながら「涼音ちゃん」「泣かないで」と腕や背をさすっている。

「何」

「なんで？」

涼音を中心に生徒たちが集まってくる。風のうなりがまた、トーンを上げていく。

「静かに」

聖女の声で、生徒たちがぴたりと黙った。涼音までもが、涙に濡れた顔を上げた。入江に目で合図された沼間先生と井住先生が、「準備を始めましょう」と生徒たちを急き立てる。白い手が、季里から涼音を引き取り、優しく引き寄せる。

「あなたはこちらへ」

入江はまったく動じていない。こうなることが分かっていたかのようだ。涼音の肩を抱くようにして、ランチルームから連れ出していく。

「お二人も」

冷やかな目が、佐々目と毛利を振り返った。

襖《ふすま》の向こうを窺っていると、ぐう、と腹が鳴った。決まり悪くて隣に目を向けると、毛利は聞こえないかのように、一心に襖の向こうに耳を澄ませている。入江と涼音が、ぼそぼそと話しているらしい声が、途切れ途切れに聞こえてくるが、内容までは分からない。

畳三十帖の座敷は、襖で三つに分かれる。佐々目たちが正座させられているのは、入り口に設けられた玄関に一番近い場所だ。畳は青く、白木の桟、檜《ひのき》の上《あ》がり框《がまち》は磨き抜かれている。設営にも手入れにも、ふんだんに金が掛けられているのが、素人の佐々目にも分かる。

各クラス、週に一時間あるという礼法の授業を、入江はここで行っている。白蘭女子学院中学校の、パンフレットの一ページを思い出す。礼法教育が紹介されたページに、数点写真が載っていた。敷居を踏まないように、こわごわと足を踏み出している緑リボンの生徒を、厳しい目で見守っている入江。生花を指導する入江。茶道、華道のたしなみから、何とか流という作法に従っての立ち振る舞いまでを、ここで生徒に叩き込んでいるのだ。澄んだ空気が、心なしか張り詰めて感じられる。不慣れな正座をした足も微妙だ。

すっ、と襖が開き、毛利と揃って姿勢を正した。涼音が作法通り、膝をつき、襖を開けたのだ。奥の座敷で正座している入江が、「こちらへ」と佐々目たちを呼ぶ。痺れかけた足をかばいながら、用心深く立ち上がり、「失礼します」と入江の前に座った。

見事な彫り細工の欄間《らんま》、今は開かれた白木の襖。どこをとっても本格的な和風のしつらえの中に、ベールをかぶり十字架を下げた聖女はなぜか、しっくりおさまっている。手で招かれた涼音が、入江の傍に座る。「今日の給食は」と入江が静かな声で切り出した。

「彼女のリクエストで作ったということですが、他には何か？」

まっすぐに見つめられ、先生に叱られる小学生のような気分だ。「他には、とは？」と毛利が物問いたげに目を見開く。

「彼女にリクエストを求め、今日の給食を作った理由をお伺いしたいのです」

「生徒の皆さんに、給食に親しんでもらえるきっかけになれば、と思ってのことです」

入江の問いに、毛利が即答する。

「どなたか生徒さんのリクエストに応えることで、より身近に給食を感じてもらえれば。そう思って、佐々目さんと生徒の皆さんにリクエストを募って歩きました」

正座した涼音の肩が、小さく跳ね上がったのが見えた。

「それがすべてですか？」

入江に問われ、毛利が戸惑ったように一拍間を置いて「はい」と答える。怪訝に思っているせいか、子犬顔の両目が、さっきよりも見開かれている。

「聞きましたか？」

入江が膝を滑らせ、傍の涼音に向く。

「解せないことがあるならば、尋ねればいいだけです。自分の手に余るならば、友達や先生に相談なさい」

念を押すように、うつむいた涼音の肩に手を置く。

「ただ泣き、恐れているなど、空しいこと」

「……はい」

涼音が小さい声で応えた。そして入江に促され、毛利と佐々目に向かって、手をつき頭を下げた。

「失礼いたしまして申し訳ありません」

戻って担任の指示を仰ぐように、と言われ、表に出た涼音が静かに襖を閉める。まさか、と恐る恐る尋ねた。

「……あの、恐れていても、とは……？」

「毛利さんのことが、怖かったと」

子犬顔が「僕が？」と聞き返す。

「顔を合わせるたびに、笑顔で挨拶をされて」

「教師ですから」

戸惑い笑いで顔を歪める毛利に、入江は淡々と言葉を続ける。

「味覚授業のときは、たくさんいる生徒の中から指名され、早朝登校にわざわざやってきて」

「佐々目さんも一緒です」

「食べたいものを聞いて、わざわざ、自分のためにそれを作ってくれて」

「そんな、ストーカーみたいに……」

毛利がついに黙った。

「信頼関係がないところに、好意は生じえません。聖書にもあります。砂の上に家は建たない、と」

隣を見ると、毛利はうつむいて畳の一点を見つめている。雨に打たれる子犬と化した毛利に、入江は容赦なく更なる冷水を浴びせる。

「奇をてらったメニューと同じ。上辺だけのものなど、空しいだけ」

「……本当に、毛利さんのせいなんでしょうか？」

じっと唇を噛みしめている毛利を見て、黙っていられなくなった。

いくら世間知らずでも、何度か声を掛けられただけで、そこまで怯えるものだろうか。何か、別の理由があるような気がする。

「もしかしたら、入江先生が、そういう風に仕向けてるんじゃないですか？」

こちらを見据える入江の目は、眺めている、というのが相応しい。苛立《いらだ》ちを露にする佐々目を。きっと言葉など、心に届いていない。それでも言わずにはいられない。

「生徒が必要以上に排他的なのは、それなりの理由があると思います」

佐々目さん、と隣の毛利が短く、鋭く呼びかける。振り返ると毛利が、もういい、と言いたげに、小さく首を振った。

「僕は、ちゃんとした教師に見えないのでしょうか？」

仕事を終え、帰るために給食室にほど近い通用門を抜けながら、毛利が何度か呟いた。その目は携帯電話の画面を見つめている。自分の顔を映しているのだ。礼法室で入江に冷水を浴びせられてから、毛利は暇さえあれば自分の顔を見ている。

「そんなことないですってー」

七波が佐々目を押しのけるようにして、毛利の隣につく。学校側とメニューの打ち合わせがあったので、今日はトラックには乗らず学校に残ったのだ。ゆるく波打った顎のラインの髪、ふんわりと広がった、柔らかなオーバーブラウスとスカート。私服姿を見るのは初めてだ。濃いめの化粧に気合いが見え隠れしている。

「毛利さん、私と付き合ってることにしちゃうとか？」

冗談っぽい口調だが、本気が見え隠れしている。「この大変なときに」と制したが、七波は毛利になおも迫る。

「だってそうすれば、ストーカーなんて誤解されないし？」

毛利が「なるほど」と携帯電話から顔を上げ、七波に向く。給食のためなら何でもやる、といった毛利の言葉を思い出し、慌てて割って入った。

「職場恋愛なんて、って、怒るお嬢様もいるかもしれませんよ？」

前方、駅に向かうバス停から、こちらを見ているグレーの制服たちを示した。毛利が七波からさっと離れ、「ごきげんよう！」と生徒たちに声を掛ける。ごきげんよう、と事務的に応えた生徒たちが、佐々目たちを拒むように背を向ける。子犬顔が小さくため息をつき、また携帯電話に映る自分の顔を見つめた。

――お前ら、いい加減にしろ。

三人で乗り込んだバスの中、遠巻きにこちらを眺めてささやき合うグレーの制服たちを、心の中でどやした。

毛利をストーカー呼ばわりした涼音は、気が小さいのだとまだ理解できる。でも、他の生徒たちはどうだ。違う世界の人間だとばかり、給食室のスタッフを疎外するのが許せない。何とか食べてもらおうと、苦心している自分たちが馬鹿らしくなる。

「ね、あれ」

駅に到着し、バスから降りたところで、先に降りた七波に腕をつかまれた。指で示された方を見て、またかと一瞬、顔を背けた。

「募金運動に、ご協力をお願いしまーす」

見慣れたグレーの一団が、駅ビルの入り口前に一列に並んで立ち、声を揃えて繰り返している。中央にいるのは季里だ。何人かは、四角い箱を捧げ持っている。見覚えがあるな、と思ったら、奉仕活動で早朝、生徒たちが自習室で作っていた箱だ。毛利が解説する。

「白蘭女子学院の奉仕活動です。交代でやっているんです」

「校訓、友愛と奉仕と何とか、でしたもんね」

七波が感心したようにうなずく。離れて小さく、別の一団も見える。

繰り返し、繰り返し、少女たちは通行人に呼びかける。スルーする人がほとんどだ。たまに、歩み寄って募金をしてくれる人がいると、嬉しそうに「ありがとうございます！」と声を弾ませる。

不自然なまでにくっついて並んだ姿。ことあるごとに顔を見合わせ、小さくため息をつく姿。お嬢様たちにとって募金活動は、内心かなりの負担なのだろう。小さくなっていく声が、気合いを入れ直したのかふたたび、大きくなる。また一人、近寄ってきた五十絡みの男にも、「お願いします」と、とびきりの笑顔を向ける。

「なんで、募金なんかしてんの？」

財布を出すことなく、ねちっこく男は話しかける。少女たちが怯えて身を硬くするのが、離れていても分かる。

「こんなさ、おじさんたちからお金集めなくたっていいじゃない、ねえ、君たちは？」

少女たちはちらちらと顔を見合わせ、うつむいてしまっている。「何あのジジイ」と七波が小さく呟く。男は芝居っ気たっぷりの仕草で、少女たちのグレーの制服と、胸についた蘭のエンブレムを眺め回す。

「お父さんとお母さんに言ってさ、お金もらえばいいじゃないの。ねえ？」

ぷっ、と、通行人の間から笑い声がした。足を止め、遠巻きに見ている男が笑ったのだ。行き交う人も、誰も止めない。季里が目で辺りを見回し、一緒にいる生徒たちに小さくうなずいてみせる。避難しようとしているのだろう。「だってそうでしょう」と男はしつこい。

「寄付なんて。君たちはさ、おじさんたちよりずーっと、お金持ちなんだから」

芝居がかった大げさな身振り、妙に節をつけた口調。たまりかねて「どうしたの？」と、生徒たちと男の間に割って入った。

「大丈夫？」

できるだけ軽く明るく、生徒たちに声を掛けた。何だこいつ、と言いたげに、男が佐々目を見上げる。その正面に立ちふさがり、一歩、一歩と前に歩いて体で男を生徒たちから引き離した。「もういいでしょう」と抑えた声で告げると、後ずさりして離れた男が、くるりと横を向き、通行人に少女たちを示して声を張り上げた。

「この子たち、年十何万円もする給食、食べてるんだよ？　それで募金、って、ねえ？」

少女たちは身を寄せ合い、じっと佇んでいる。ますます男はつけあがる。

「寄付なら、給食を抜いてすればいいじゃない」

いい加減にしろ、と声を上げかけた瞬間、男が悲鳴を上げて佐々目の腹に激突した。勢いで、したたか尻を地面に打ち付けた。少女たちの悲鳴が響く。腹に男を乗せたまま、何事かと必死で上体を起こした。

「すみません。僕、足が滑って」

男の背後に、憤怒の表情の毛利が仁王立ちしている。いつもきちんと整った短い髪が、ざっくりと乱れている。男に頭突きを食らわせたのだ。

気おされたのか、男が立ち上がり、口の中で何ごとか言いながら、足早に離れていく。どうしたの、と付き添いらしき女性教師が、七波に連れられて駆けつけた。

「みんな、大丈夫？」

憤怒から笑顔に変わった子犬顔が、少女たちに声を掛ける。少女たちが怯えたように、揃って後ずさりをした。

3

「いるわよ、そういう、自分の不幸を白蘭生にぶつけるウマシカ」

沼間先生がワンピースを着た足を踏ん張り、佐々目に持たせたタンクから、消毒液を、家庭科室で使う小分け容器に注ぎ分ける。

「世の中も厳しくなってるときだから」

白シャツにパンツの井住先生が、除菌シートで事務机を拭きながら付け加える。

階上から、生徒たちの歌う聖歌が聞こえてくる。各教室では今、朝の礼拝が行われている。

少し早めに出勤して、昨日の夕方見た、少女たちへの迫害のことを保健室に聞きに来たのだ。

毛利の仮病攻撃のおかげで、この二人とはだいぶ気楽に話せるようになった。若竹小に比べて、白蘭女子の保健室は時間に余裕がありそうだ。大暴れや取っ組み合いをしてケガをすることもないし、本館にスクールカウンセラーがいるからか、悩み相談に来る生徒もあまりいないという。

「一年生のときが、一番ショックが大きいのよ。泣いちゃう子もいて」

「他人からそんな、手厳しいことを言われるなんて、人生で初めて、って子も多いからね」

沼間先生の言葉を受けた井住先生が、棚から冊子を抜き出し、ページを開いて佐々目に渡した。年度末に作る、クラス文集だ。開かれたページには、「一年間の思い出」と題した一年生の作文が載っている。

——どうして、こんなことを言われるんだろう、と思いました。

——お金を持っているのは、私ではなくお父様とお母様なのに。

昨日見た、生徒たちの怯えた顔を思い出して胸が痛んだ。

「二年生になると、反抗期だから怒る。三年になると、さすがに諦《あきら》めもつくわね」

「外の世界はこんなもんだ、しょうがないかな、って」

沼間先生も井住先生も、口元に懐かしそうな笑いを浮かべている。

「もしかして、先生たちも白蘭の……？」

思いついて聞いてみると「女の先生はみんなそうよ」と沼間先生があっさり答えた。

「私、沼間先生のこと、お姉さま、って呼んでたのよ」

「一年違いの先輩と後輩なの。結婚はね、井住先生に先を越されたけど」

「でも別れちゃいましたから一」

ころころと二人が笑う。無邪気な女子学生のように。

そう言われてみれば、二人ともどこか浮世離れした雰囲気を漂わせている。この学校にいるから、それが目立たないだけだ。

——白とワンピースも、絶対金持ちだから。

休憩のときに、七波が沼間たちのことをそう言っていたのを思い出した。保健室と家庭科室、汚れる仕事なのに毎日白い服、毎日変えるワンピース。金持ちでなければ無理だ、という分析が、見事に当たっていたのだ。

「……入江先生も⁉」

気づいて声を上げると、沼間先生が「もちろん」と肩をすくめる。

「年齢が少し離れてるから、ほとんど接点はなかったけど。白蘭始まって以来の才女だった、って噂」

——お嬢様か。

どうりで美食の帝王、エスコフィエの名言を諳んじるわけだ。周りを畏れさせるほどの気品にも納得がいく。

「この学校に白蘭育ちじゃない先生が来ても、長続きしないのよ。だって、生徒は幼稚園からこの学校にいるんだし。叱るのもままならない、気合い負けしちゃうみたいで」

気合い負け。沼間先生の言葉が、生徒に振り回されている今の自分たちを振り返るとよく分かる。

「他校にいらした先生には、分からないからじゃないかしら」

井住先生が、消毒液の詰め替えを終えた沼間先生と佐々目に、手を拭くようペーパータオルを渡す。

「募金だけじゃない。白蘭の子は、通学のバスや電車の中でも、皮肉を言われることがある。ごきげんよう、とかね」

「その上、ホテル給食。学校側としては、授業の一部、教材を兼ねて、ってつもりでも、金額だけでただの贅沢だって決めつける人もいるでしょう。生徒へ八つ当たりする輩《やから》も増えるわけよ」

苦労知らずのお嬢様ばかり、と思っていたら、こんな苦労を抱えていたのだ。

ふん、と鼻息を荒くした沼間先生が続ける。

「贅沢言うな、恵まれてるくせに、裕福なくせに、金持ちのくせに。そう決めつける人、多いのよ」

「白蘭の子の気持ちは、白蘭育ちにしか分からないの」

井住先生が苦い笑いで締めくくり、クラス文集を棚に戻した。

歩く佐々目の前、モーゼのように道が割れる。以前見た、シスター入江のときと同じだ。二年、そして一年の生徒たちが、飛びのくように道を空けていく。

視線が痛い、という言葉を実感する。二年生に配食ワゴンを届け終え、階段に向かう佐々目を、二年、一年と生徒たちが一人残らず見ている。振り返ると、日本人形の涼音が、びくりと身を引く。周りの生徒たちが、何をするのよ、と言わんばかりに涼音を体でかばう。

目の前に何かが転がってきて、足を止めた。ああ、と息を呑む声に振り返ると、緑リボンの一年生が佐々目から目を逸らした。転がっているのは、丸いケースに入ったハンドクリームだ。前に回り、拾って差し出したが、持主らしい一年生は、うつむいて動かない。「置くね」と声を掛け、窓枠に置いて階段に向かった。

——白蘭育ちにしか分からない。

それを知った今、自分たちに壁を作る少女たちを、もう責めることはできない。降って湧いた外部の人間、しかも男。寄ってこられても、簡単に警戒を解くことなど、できるはずもない。しかも、悪い輩に対してとはいえ、体当たりに頭突き。お嬢様たちに、危険人物というレッテルを貼られてもしかたない。

とりあえず、毛利にそのことを話そう。階段を降りる足を速めた。勢いがついた足で一階に下り立ち、給食室へと曲がろうとした足が止まった。

――毛利さん？

職員室の向かい、礼法室の隣の小部屋に、毛利が入っていく。何の部屋だっけ、と、案内されたときの記憶を探った。祈禱室だ。追いかけて、ドアにつけられた小窓から、中を覗いた。

奥にマリア像と十字架があるだけの、窓のない、薄暗い空間だ。中央で、毛利がひざまずいて祈りを捧げている。その肩に手を置いた聖女が、慈しむように毛利を見守っている。

「毛利先生、何してるんですか？」

長い祈りを終え、シスター入江と出てきた毛利に駆け寄ると、毛利に代わって聖女が佐々目に答えた。

「生徒たちとの間で、いろいろと大変なご様子ですから。生徒の気持ちを理解するには、まず、白蘭女子学院の根幹をなす、神の教えを学ぶのがいいのではないか、と」

「生徒と距離を縮め、給食を食べてもらうためです」

にこりと笑った毛利が、小指に巻かれた白いテープを佐々目に見せる。何か新たな手を考えついたようだ。入江はといえば、悠然と佐々目を見上げている。

「佐々目さんも、いつでもいらしてください。信仰の扉は広く開かれておりますから」

「お気遣いいただいただけで十分です」

見てろよ、と、白い顔を見下ろすと、「心配しましたの」と、微笑みが佐々目を見上げる。

「鎧をまとう人間は、その重みで弱るものだから、と」

優雅な会釈を残し、入江が階段を上がっていく。何言ってんだ聖女、と鼻で笑って見送り、毛利へと振り返って目を見張った。子犬顔が小指の白テープを握りしめ、うっとりと入江を見送っている。

「ごきげんよう」

まさか、と、その両肩を摑んで向き直らせた。毛利先生、と、骨ばった肩を揺すった。

「もしかして、本気なんですか⁉」

「酸素は、亜鉛がなければ働かないのですよ」

毛利は虚ろな目で、廊下を行き過ぎる数人の青リボンを見ている。二年生たちが怯えた目で佐々目たちを見ながら、横飛びのように逃げていく。悲しげに目を伏せた毛利がまた、小指の白テープを力一杯握りしめる。

「入江先生が教えてくださったのです。信仰が、僕の亜鉛になってくれると」

子犬顔が顎を上げ、恍惚と天を見上げる。

鎧をまとう人間は、その重みで弱る。入江の言葉は、今の毛利を的確に言い表している。

強くなろうとする人間が、実は一番弱い。毛利の折れかけた心に、入江は巧みに入り込んだのだ。

——終わった。

昼休みの休憩室でも、毛利は昼食もそこそこに出ていってしまった。窓の外、マリア像の前で祈りを捧げている毛利を見ながら、これまでか、と覚悟を決めた。

「毛利さん、大丈夫かな」

七波は毛利が手をつけなかったポークソテーのオリーブソースとフランスパンで、毛利のためにサンドイッチを作ってやっている。

「大丈夫だよ、ね？　宗ちゃん」

柳井が持参のマイ箸で給食を食べながら、佐々目に念を押す。昼間からナイフとフォークは疲れると、ソテーを切るだけにとどめている。

——無理かも。

ホテル給食を立て直すなんて、荷が重すぎる。今日はディナーで夕方からホテルに出勤だ。宴会部にそれとなく相談してみよう、と決めた。

一番に給食を食べ終え、給食室に戻ろうとドアを開けて立ちすくんだ。目の前を、生徒が五、六人、「いやあ」と本館へと走っていく。そんなに俺は怖くないよ、と悲しくなった。

「宗ちゃん」と問いかけるような声に振り返ると、柳井が消えていくグレーの背中たちを示す。

「生徒が、ここまで来たよ。わざわざ。初めて」

給食室に行くと、廊下に面したガラスに、花の香りのする手形がいくつかついている。ラベンダーの香りだ、と七波が鼻をひくつかせる。佐々目の広げた手より一回り小さい。ハンドクリームを塗った手で、ガラスに手をついて中を覗いたのだ。

4

「まさか、何かするつもりなんですかね、給食室に？」

五時間目のあとの休み時間も、回転鍋を手入れしながらガラスに向くと、遠く階段下、体育館に向かう生徒たちが、足を止めて見ている。佐々目が顔を上げると、足早に逃げていく。下膳に校内を回っているときも、授業中の各教室から、少女たちの視線が向けられているのを感じた。

「中学生だよ？」

食器をコンテナに戻しながら笑う柳井に、七波が「でも」と食い下がる。

「普通の中学生じゃないですよ。お金持ってる子たちじゃないですかー」

運転手付きの車で登校するような子たちもいる。爺《じい》や頼んだわよ、と、刺客を差し向けてくるのを想像してみた。どうしましょう、と傍を見ると、毛利はレードルを握りしめて祈りを捧げている。ホテルのトラックを送り出してから、残菜をいつもの倍速で量った。早く仕事を終えて、ホテルに今後のことを相談しに行くのだ。

こんこん、とガラスが叩かれ、体がびくりと跳ねた。それを見て驚いたのか、ガラスの向こうの白石先生も、びくりと体を引いた。慌てて廊下に面した端のドアから廊下に出ると

「お疲れさまです」と小さく頭を下げられた。

「あの、生徒たちが給食室に、ご迷惑を掛けていないでしょうか」

「それは、どういう？」

毛利が質問を返すと、白石先生が手にしたクリアファイルから、紙を差し出した。

さあ、と促すように視線を投げられ、「失礼します」と毛利が紙をめくる。何だろう、と横から覗き込んだ瞬間、今の状況をすべて忘れて吹き出した。いかん、と笑いをこらえようと頑張れば頑張るほど、腹の底から笑いが込み上げてくる。

「……これ、もしかして、僕ですか」

毛利は目を見開き、口を引き結んで紙から白石先生へと目を上げる。「……みたいです」

と、白石先生がすまなそうに答える。

レポート用紙らしき紙に、シャープペンシルの細い線で、白衣を着た短髪の子犬顔が描かれている。悪魔に取り憑《つ》かれたような顔に仕上げられ、吹き出しでセリフまでつけられている。

「僕を味わって」

読み上げ、顎が痛くなるほど笑う佐々目を、ぎりぎりと毛利が睨む。それでも笑いを止められずにいると、「佐々目さんはこちら」と新たな紙を渡された。まさかと裏返した瞬間、くっ、と毛利が笑い声を上げた。

妙に鋭い目と輪郭の、調理服の男が描かれている。右手には血のしたたる包丁を持ち、左手も血らしき液体にまみれている。こちらもセリフ付きだ。

「お前を料理してやる」

書かれたセリフを毛利が読み上げる。身をよじって笑う子犬顔を、ぎりぎりと睨んだ。

「美術の授業中に没収したものです。休み時間に、生徒たちがこちらを気にしているのを見かけたものですから。もしかして、って」

白石先生がすまなそうに説明してくれる。

「……お二人、給食のことで頑張ってらっしゃるのに、こんなことをお伝えするのは申し訳ないんですけど……。二年生はとくに、難しい時期ですから。そのことを、心に留めておいていただければ」

お邪魔しました、と小さく頭を下げ、白石先生が去っていく。

「……怖いもの見たさ、ってやつですか」

給食室に戻り、手に残された、黒調理員の落書きを見た。

好感を持ってもらうどころか、悪鬼扱いだ。あとに続く毛利は無言だ。よほどショックだったのだろう。重いバケツを持たせるのも気の毒で、残菜は俺が片付けようと回収容器を持ち上げた。表に出て、またかとため息が出た。

青リボン三人が、二メートルほど先で立ち止まり、給食室を窺っていた。しおれた花を持っているところを見ると、マリア像に捧げた花を取り替えに来たらしい。後ずさるように、給食室の角を曲がって去ろうとしている。

「どうして　おなかが　へるのかな」

甲高い妙な歌声が、背後から聞こえた。振り返ると、毛利が残菜の容器を持って出てきた。

「ごきげんよう！」と三人に声を掛け、淡々と回収場所に運んでいる。

「けんかを　すると　へるのかな」

また、妙な歌声が響く。「何？」「誰？」「どこ？」と三人が辺りを見回す。佐々目はもちろん、毛利も口をつぐんだままだ。

「きゅうしょくを　たべないと　へるのかな」

微妙に変えられた字余りの歌詞で、ようやく分かった。毛利が歌っているのだ。口をぴたりと閉じたまま。

——腹話術。

毛利の特技の一つだ。若竹小でもキューちゃんという腹話術人形を使い、きもかわいい、と子どもたちに喜ばれていた。しかし、ここは中学校だ。やめてください、と毛利を止めるより早く、少女たちが悲鳴を上げて逃げ出した。「何てことするんですか！」と、毛利の両肩を摑んで揺すった。

「これ以上、生徒たちを怖がらせてどうするんですか⁉」

「うんと怖がらせてやります。もっと、もっと」

正気か、と聞き返そうとしたとき、毛利が続けた。

「怖いものは見たくなる、でしょう？」

子犬顔の口元が、にんまりとほくそ笑む。

「怖いもの見たさ、いいじゃないですか。見に来てもらいましょう。見てもらいましょう。

給食室には、どんな人がいるか。何をしているか。給食は、どうやってできるか。残菜は、どこへ行くのか」

練習のつもりか、毛利が口を閉じたまま、また歌い出す。黒チワワ、完全復活だ。

「天罰が下りますよ？」

神にすがっていたくせに、と祈る真似をしてみせた。気づいた毛利が、小指から白いテープをむしり取る。

「僕の神は、給食です」

毛利の方策が正しかったと分かったのは、数日後のことだ。

腹話術ショーの翌日から「怖いもの見たさ」の生徒たちが、給食室の周りをうろつくようになった。休み時間の廊下、放課後の庭園、通用門に続く道。もちろん、毛利は完璧に、少女たちの「期待」に応え続けた。腹話術で歌いまくり、合間に「ああ！」「おお！」と奇声を発しては、少女たちを怖がらせ――もしかしたら喜ばせている。

一年生から三年生まで、週が明けても見物の生徒は、減るどころか増える一方だ。そしてついに放課後、季里までもが給食室の裏にやってきたのだ。

秋の午後、三メートルほど先で、「神」は金色に輝く陽差しをまとって佇んでいる。唇をまっすぐに引き結び、浄水器の排水を地面に撒いていた佐々目と、生ゴミ処理機をチェックしながらショーを繰り広げる毛利をじっと見ている。先に来ていた、合計十名ほどの生徒が「お姉さま」「キリちゃん」と声を上げる。

「東山涼音さん、もう、大丈夫？」

挨拶したあと、季里に尋ねてみた。「元気になってくれてるといいけど」と、腹話術リサイタルを中断した毛利も声を掛ける。季里は答えず、生徒たちに呼びかけた。

「皆さん」

呼びかけられた生徒たちが、たちまち季里のもとに集まる。神が天使たちに短くささやきかけると、天使たちは心配そうに振り返りながら、給食室の角を曲がって去っていく。一人残った季里が、佐々目たちを見上げた。

「……あの」

気配を感じたのか、季里が振り返る。天使たちが心配そうに、給食室の角から覗いている。大丈夫、というように季里が小さく手をかざすと、覗いていた顔たちが消えた。去っていく足音が小さく続く。

「涼音ちゃん、気にしてます」

毛利と、ちらりと視線を交わしたとき、季里が言葉を続けた。

「涼音ちゃんが泣いちゃったのは、本当は、毛利先生が怖かったからじゃなくて」

毛利が「え!?」と救われたように顔を輝かせる。生徒を泣かせたことが、よっぽど気がかりだったらしい。

「怖かったけど、そういう、ヘンな怖い、じゃなくて」

両手が迷うように揺れている。毛利は、季里が口を開くのを、じっと待っている。急かしてはダメだ、と佐々目も頭の中で、フランス語で数を数えた。ヌフ、九と数えたところで
「……涼音ちゃんね」と、少し小さくなった声がした。

「白蘭には、小学校から。白蘭の他に、城西《じょうさい》学園の初等科も受けたんです」

毛利が「ああ!」と察したように声を上げる。

「だから、給食?」

毛利の問いに、季里が「そうなの」とうなずき返す。すぐに分かってもらえた嬉しさか、敬語が取れている。自分だけ分からないのが悔しくて、佐々目は「何ですか?」と子どものように急かした。

「城西学園初等科の入試は、給食のテストもあるんですよ」

毛利が説明してくれた。

受験生である子どもが、試験官が居並ぶ前で給食を食べる。箸の使い方、食べ方など、親

のしつけをチェックするためだと言われている。

「で、そのときに……お箸を落としちゃって」

声をひそめた季里がうつむく。

小学校受験といえば、まだ五歳かそこらだ。試験官の前で給食を食べ、箸を落としてしまい、その結果、受験に落ちたとしたら、トラウマになる子どももいるだろう。なのに九年後、白蘭中で給食が始まってしまった。しかもナイフとフォークがメイン。苦手意識を拭いきれなかったところに、「給食の先生」毛利が現れ、やたら自分をかまってくる。

「給食はユウウツだし、マナー教室はあるし、毛利先生を見ると給食のことばっかり思い出しちゃうしで、それでなんか、涙が出ちゃったんだって」

涼音の神経質さを目の当たりにした今、分かる気がする。あの完璧な身づくろいも、失敗を許さない性格ゆえか、と思うと気の毒になった。

「でもね、礼法室を出たあと、涼音ちゃんが襖越しに立ち聞きしてたら」

「立ち聞きしてたの!?」

「そこはするでしょ？」

驚く子犬顔に、神が真顔で言い返す。

「毛利先生が入江先生にうんと叱られてて、それで……涼音ちゃん、気にしてて。だから、怒らないであげて」

季里が毛利の顔を窺うように見上げ、そして自信なげに目を逸らす。

「怒ったりしないよ。ヘンな怖い、じゃなかったんならよかった」

嬉しそうな毛利に「それだけ、です」と告げ、季里が駆け出して給食室の角を曲がる。あっという間に消えた後ろ姿に「勇気がいっただろうな」と自然に呟いていた。

「許せません」

振り返ると、毛利が宙の一点を見つめて固まっている。

「給食がトラウマだなんて、絶対許せません」


なぜこんなところへ、と、押し込まれた階段下を見回した。いいから、と佐々目を押しやる毛利の手首で、白いコンビニ袋が揺れる。

仕事終わりに飛び出していったかと思うと、毛利はコンビニ袋を持って戻り、一緒に来いと佐々目を引っ張ってきた。正面玄関に向いて、吹き抜けを挟んだ左の階段下で今、毛利は息を殺し、廊下の向こうを窺っている。「何か待ってるんですか？」と聞くと、「しっ」と制された。

ここで深追いするとまた毛利キックが飛んでくる。仕方なく待っていると、「来た」と毛利が体を陰に引っ込めた。廊下を窺うと、校長室から出てきた小畑校長が、男性用トイレに入っていくところだ。

「行きますよ」

歩き出した毛利が、トイレの入り口で足を止めた。周りに誰もいないのを確認し、コンビニ袋から出したのは、三角形のクリームケーキだ。なんでこんなところで、と聞こうとしたとき、ぱしゃっ、と音がして甘い香りが漂った。毛利がパックから出したケーキを、己の額に叩きつけたのだ。

訳が分からず固まっていると、顔面クリームまみれの毛利はそそくさと中に入っていく。洗面台で手を洗っていた小畑校長が「どうしたんですか⁉」と、佐々目と同じように目を丸くする。白くなった黒チワワが、泣きそうな声でうつむく。

「こちらに向かう途中、そこの空き地で不良中学生たちに絡まれて」

怖かった、と毛利が涙目で震える。「大変だ」と小畑校長がペーパータオルを引き抜き、毛利の顔を拭う。優しい人だ、と胸が痛んだ。

「佐々目さん、警察に連絡を。生徒たちも危険です」

すかさず毛利が「もうしました」とごまかし、そして深いため息をつく。

「とても野蛮な、恐ろしい不良中学生たちでした。彼らも、給食を食べてさえいれば……」

悲痛な声に、小畑校長と一緒に「給食？」と目を丸くした。

「一日一食でも、栄養バランスのとれた給食を食べていれば、あんな不良中学生にはならずに済んだのです。とくに、中学生のような多感な時期は、給食が必要不可欠なのです」

中学生、という言葉を、毛利はやけに強調する。

佐々目の隣で、小畑校長が「ほう……」とうなずいた。給食の利点はランチタイム症候群や格差問題を防ぐこと、と述べた人物だ。中学生の情緒が、と聞くと心配になるのだろう。

「ビタミンB群やマグネシウムが不足すれば、キレやすくなります。食生活が乱れれば、肝臓に負担が掛かってイライラします。そして、恐ろしいことに……」

黒チワワがクリームの残る顔を、小畑校長に向けて突き出す。

「僕は、この学校の生徒さんたちに、そんなことになってほしくないのです。給食を食べて、明るく健やかに学校生活を送ってほしいのです」

クリームチワワが涙声でダメ押しをする。

「僕らに、生徒さんたちの手助けをさせてもらえませんか？」

5

前に立ち塞がられた、ように見えるのは、天井から流れるヘンデルの「メサイア」のせいかもしれない。青白い顔を彩る薄い色の唇は、いつもの穏やかな笑みをたたえている。

「毛利さんが、大変な目に遭われたとか。そこの空き地で」

シスター入江が佐々目に歩み寄り、保冷容器を積んだ配食ワゴンを挟んで向かい合う。

「不思議ですね。そこの空き地はフェンスで囲まれて、中に入れるはずはないのに」

毛利のウマシカ、と心の中で叫んだ。「どうするつもりですか」と入江に問いかけた。せっかく準備した今日の計画を、台無しにされてたまるかと身構える。

「見せていただきましょう」

挑むような笑みを残して、聖女がランチルームに入っていく。

——負けねえ。

待ち構えていた七波にワゴンを託し、階下へと駆け戻った。給食室に着いたとき、「メサイア」が止まった。ランチタイム、マナー教室の始まりだ。

念入りに研いでおいた包丁で、骨付きチキン二百本をさばいていく。オーブンにセットしてから、すかさず準備が済んだ保温容器をワゴンに積み、三階で待つ七波へとエレベーターで送り出し、階段へと走った。一段飛ばしで駆け上がり、ランチルーム側に曲がって、廊下から中をそっと覗いた。

後ろに並べた椅子では、新聞社の腕章をつけた男が、小畑校長と何やら話しながら、メモを取っている。カメラマンが、ランチルームの全景を撮っている。八卓、一年から三年までの縦割りで六十数人の生徒が、真面目な顔つきでレタスサラダを食べ始めたところだ。中程に季里が、前の方に涼音が、こちらを向いて座っている。頑張れよ、と心の中で声を掛け、ランチルームの隣の小部屋に入った。

教室半分に当たる、家庭科準備室が、ランチルームの控え室となっている。給食室で佐々目と応援の給食課の職員が仕上げ、佐々目が今届けたアクアパッツァを、柳井が七波に手伝わせ、最後の仕上げに掛かる。ホテルから派遣された四人のウェイターは、配膳の準備だ。あとは今、給食室のオーブンで焼き上げている鶏もも肉のロースト、そしてホテルのパティスリーから届いたミルフィーユ。準備室とランチルームとの境の壁に、細く横長に開けられたガラス窓からランチルームを窺った。

「いいこと書いてくれるといいね」

柳井が顎で、ランチルームの記者とカメラマンを示す。その二人に、心の中で告げた。

――お前ら、口開けて待ってろ。

少女たちは、レタスサラダと真剣に取り組んでいる。涼音も、慎重にレタスを口に運んでいる。「では」と声がして、小窓を見ると、毛利が教壇の前に進み出たところだ。

「今日、見学にいらしたお客様を紹介します。食べながら聞いてください」

生徒たちの間から、忍び笑いが漏《も》れた。七波が「何？」とレードルを持つ手を止める。佐々目より先に柳井が答える。

「あれ、腹話術」

にこやかな顔の毛利の口は動いていない。腹話術で話しているのだ。記者たちの紹介に続いて、メニューの説明、食材の説明。アクアパッツァ、骨付き肉、とコースが進んでも、開いたドアから流れ込んでくる忍び笑いは続いている。「静かに」と入江が制しても、声が小さくなるだけで、風のような音は止まない。

張り詰めた室内の空気が、徐々にほぐれてくるのが分かる。毛利が小畑校長をクリーム攻撃で丸め込んだのは、このためだ。「生徒たちの前で話をさせてほしい」と。

目で涼音を探すと、毛利を目で追いながら、隣の生徒と何かささやいて笑っている。手は、チキンの骨から肉を、きれいに切り取っている。大丈夫だった、とほっと息をついたとき、ガラス越しに入江と目が合った。

「お見事でした」

マナー教室が終わり、ウェイターたちと後片付けをしていると、準備室に入ってきた入江が、皮肉とも取れない口調で告げた。記者にインタビューを受けている柳井に代わって「何のことでしょう？」と一応、とぼけてみせた。分かっているわ、と言いたげに、入江が両の口の端を上げてみせる。

レタスサラダは食べやすいように細かく千切った。骨付きチキンは生徒の分だけ、裏から骨に沿って切れ目を入れた。さらに、強化磁器の皿がカトラリーで音を立てないように、チキンの下にパイシートを敷いた。アクアパッツァは、多少冷めてしまうのは目をつぶり、大きめの皿に盛った。ナイフとフォークで作業しやすいように、スペースを広くするためだ。ミルフィーユはパティスリーに頼み、クリームを多めにしてもらった。崩れたパイ皮が収拾がつかなくなっても、クリームでまとめて口に入れられるように。

生徒が食べやすいように。そう提案し、給食スタッフの総力を挙げて取り組んだ。

「料理人はお客様に合わせて、料理を作らせていただきます。白蘭の生徒さんがいらっしゃるような店は、そういうところじゃないですか」

じっと佐々目を見据える聖女に向かい、付け加えた。

「マナーだって料理だって、人と人の間のものでしょう。それを大切にするのが、本当のマナー教室なんじゃないですか」

入江が、佐々目をじっと見据える。気後れして目を逸らしたとき、静かな声が「それならば」と告げた。

「どうぞ、存分になさいませ」

本気か、と端整な顔を見つめ返した。「……いいんですか？」と聞き返すと、入江の口元が優しくほころんだ。

「聖書にあります。心を頑なにする者は災いに陥る、と」

静かに聖女が準備室を出ていく。「やりましたね」と、いつのまにか傍らで聞いていた毛利が小さく声を上げる。グレーの後ろ姿を見送りながら、喜びを噛みしめた。ようやく、変わり始めた。停滞したホテル給食の一端が。

一日の仕事を終え、着替えて毛利と正面玄関に向かっていると、「ごきげんよう」と声を掛けられた。階段から、季里が降りてくる。後ろに楚々と続くのは、日本人形の涼音だ。

「間に合ってよかった」と、季里が涼音を佐々目たちの前に押し出す。

「ありがとう、ございました」

日本人形が、しとやかに頭を下げる。

涼音とのことを通して思い出した。ただ、客のオーダーに応えるだけでは足りない。見えないオーダーにまで応えてこそ、客は満足してくれるのだ。

「あれも涼音ちゃんのためでしょ？　毛利先生の」

腹話術を真似ようとしてか、季里が口を閉じて妙な音を出す。

「みんなのためだよ」

毛利に見事な腹話術で返され、涼音が初めて笑顔を見せた。季里が「ほんとすごい」と声を上げる。

「ありがとう、毛利先生と、ささめさ……ささめ、さん」

言いづらいのか、季里が噛んでしまい、すまなそうに身を縮めてみせる。

「ささめ、でいいよ！」

毛利が勝手に決める。ちょっと待て、と声を上げかけたとき、毛利キックが脛に炸裂した。

痛みで声が出ない。ささめ、ささめ、と、季里が、いたずらっぽく笑って復唱する。

「ありがとう、ささめ」


「ささめ」

「ささめ」

柔らかいささやきが耳をくすぐる。

マナー教室の翌日、配食ワゴンを届け終えて二階を歩くと、あちこちから生徒がそっと呼びかける。一年生、二年生が、名前をつけた鳥でも呼ぶように「ささめ」「ささめ」と呼びかける。三階へと階段を上る三年生たちもだ。

「さすが、神の影響力はすごいですね！」

ランチルームに向かう黒チワワが、嬉しそうに佐々目の腕を小突く。毛利め、と横目で睨んだ。一夜にして、学校中から「ささめ」と呼び捨てにされるようになってしまった。

──だってキリちゃんがそう呼んでるし。

──お姉さまと同じ呼び方がしたいの。

「ごきげんよう、ささめ」

本館での授業から戻るところの季里が、唇をすぼめるようにして笑いながら通り過ぎていく。神を囲む天使たちが「ささめ」「ささめ」と続く。呼びかけては、一緒にいる友だちと、愛の告白でもしたかのように笑っている。大の男を呼び捨てにするなんて格好いい。礼儀作法に逆らうのが楽しい。そんなところだろう。毛利には、ちゃんと「毛利先生」と呼びかけているところが憎たらしい。

「フレンドリーでいいじゃないですか！　元から佐々目さんは怖そうでとっつきにくいんだ

から！」

弾むような足取りで歩きながら、子犬顔は言いたい放題だ。

それでも、季里のおかげでやっと、スタート地点に立てた。生徒たちに話しかけても、逃げられることがほぼ、なくなった。

「何、読んでるの？」

本館のラウンジで本を読んでいる生徒に声を掛けると、本の表紙を見せてくれる。

ラウンジで本を読んでいる、視聴覚室に集まってオペラのＤＶＤを鑑賞している、庭園の一角に集まって静かに泣いている。生徒とコミュニケーションを取れるようになって初めて、その一つ一つの持つ意味が分かるようになった。『ＦＢＩ猟奇殺人事件簿』を読んで、自分も誰かに狙われるのでは、と緊張する。『トリスタンとイゾルデ』で描かれる運命の愛に憧れる。恋に悩む友だちに共感して泣く。みんな、スリルとときめき、そして非日常を求めているのだ。

「女の子のトークはね、連続ドラマなの。ずっと続いてく。一緒に分かち合って、追いかけていくの」

エレベーターで一緒になった季里が教えてくれる。

季里が神たる所以《ゆえん》が、話せるようになってから何となく分かってきた。いつもにこにこしていて、当たりが柔らかい。同級生から下級生まで、誰のことも優しく受け止めるからだ。

「自由食は、お弁当を持ってきたりパンを買ったり、面倒だったりもしたけど。でも、自由に話せたの、ときどきは食べるのも忘れるくらい盛り上がった」

懐かしそうに話す季里をつい見つめてしまい、「何？」と不思議そうに振り返られた。慌てて「いや」と目を逸らす。こんな風に振り返れる、楽しい給食の時間を与えてやれたら。ふいにそう思いついた。

「お前ら、やるじゃーん」

上機嫌の窪が、コーヒー牛乳のパックで会議テーブルの上を示す。

ディナーのためにホテルに出勤してきたところを、会議室に呼ばれた。先に会議室に来ていた柳井が、「見て」と佐々目に差し出す。校舎全景、蘭の紋章、そして、ランチルーム全景。写真とともに見出しが目に飛び込んだ。

――年間十五万円　ホテル給食の『価値』

ホテル側の謳《うた》う　食を通じたコミュニケーション。

人と人との間にマナー。佐々目が言ったことが書かれている。入江とのやり取りを記者が聞いていたのだ。

「白蘭の理事会も、これ読んで満更でもなかったみたい。残菜率も、ちょっとずつ下がってるし、希望が見えてきた。この調子で、お嬢さまたちのハートをがっちり摑んじゃってよ！ね？」

会議椅子を滑らせた窪が、柳井、佐々目と順に肩を小突く。

「年内を乗り切れれば、来年もう一年、白蘭で勝負できますしね」

柳井も張り切って、もう読んだはずの新聞に、もう一度目を落とす。

「あの、ちょっと思いついたことがあるんですけど」

まだ柳井に話を通していないので、遠慮がちに切り出した。「何？」と柳井が目を上げ、「いい機会だから言っちゃえ」と、手のひらであおる。

「何、何、なんかお嬢様に好かれるメニューとか？」

会議椅子に逆さにまたがり直した窪も、亀のように身を乗り出す。よし、と頭の中で温めていたアイデアを、素早くまとめた。

「白蘭の本館四階に、いいラウンジがあるんです。陽当たりもよくて、外が庭園で景色もよくて。ピクニック給食、どうでしょう？」

若竹小で大人気だった給食イベントだ。

「それか、広い学校のどこででも食べていいことにして。いつもと違う場所で食べるのって、たとえ校舎の階段だったとしても、テンション上がると思うし」

若竹小の子どもたちもそうだった。理科室や階段下、廊下の隅でピクニックランチを食べてはしゃいでいた姿を思い出す。

「もちろん、ホテルメイドのピクニックランチで、女の子の好きそうな、バスケットに詰めたりして」

窪も柳井も、じっと一点を見つめて聞き入っている。勇気が出て続けた。

「白蘭の生徒たちと話してみて、すごく思ったのは、スリルとかときめきとか、テンションが上がるものを求めてるな、って。自由食に戻してほしい、っていうのも、そういうことで。だから、ホテル給食らしさを保ちながら、ときどきは楽しい給食イベントも開催する。そうすればもっと、普段のホテル給食にも親しみを持ってもらえるかと」

テーブルを叩く音で、びくりと口をつぐんだ。

「馬鹿か、お前」

叩いた窪が細い目を見開くようにして、佐々目を睨んでいる。

「お前そんなんじゃ、死ぬまで店なんか持てねえよ」

低い声。怒りの眼差し。体が凍りついたように動かない。「お前も何言わせてんだよ」と睨む目が柳井に向く。「すみません」と立ち上がった柳井が佐々目の腕を摑んだ。「ちょっと」と連れ出されるまま、廊下に出た。

「宗ちゃん、あれはないよ。窪さんに謝って」

「俺は俺なりに、ホテル給食を盛り上げることを考えて」

訳が分からないまま、説明しようと必死の佐々目を、柳井が「違う」と遮る。一呼吸置いてから、もう一度「違う」と繰り返し、佐々目の腕を摑んだ手を強めた。

「宗ちゃんはさ、子羊の煮込みをオーダーした客に、ハンバーガーを出す？」

突然の問いに意味が分からずにいると、「オーダー」と柳井が繰り返す。

「宗ちゃんがいた小学校の給食調理場は、給食に関してイニシアチブを持ってたよね。公立小学校で、区がバックについてて」

間違ってないよね、と言いたげに目を向けられ、うなずいた。

「でも、白蘭は私立の中学校。ホテルは理事会に雇われてる。クライアントである学校のオーダーは、マナーや食育の授業を兼ねた、今の給食スタイルなんだよ。俺らは、それに応えなきゃならないんだ」

ごめん、と、柳井が佐々目の腕から手を離し「それに」と付け加える。

「ホテル給食を、そんな風に自由にできるなら、宗ちゃんが来る前に、とっくに俺がやってたよ」

いつも快活な公家顔に、苦い笑いが浮かぶのを初めて見た。立ちすくんだままの佐々目に「先に戻ってるから」と告げ、柳井が会議室に入っていく。


――オーダー。

鴨の胸肉をホテルパンに並べながら、コンロでオレンジソースを仕上げる柳井を横目で見た。

確かに、内心、不思議に思っていた。柳井はどうしてもっと、ホテル給食を工夫しないのだろうかと、疑問に思っていた。

「宗ちゃん、『鴨がネギを背負《しょ》ってくる』のことわざって、鴨鍋のことだよね?」

柳井が調理台でポテトサラダを和えている七波と話しながら、佐々目に聞く。「鍋です」と答えると「ほーらー」と七波に得意げに胸を張ってみせる。

昨日はあのあと、会議室に戻って窪と柳井に詫びた。今朝、給食室に出勤してからも、改めて柳井に詫びた。何ごともなかったように接してもらえることが、有難い一方で、どこか苛立ちを感じる。

「ささめ」

「ささめ」

ランチルームに配食ワゴンを届ける途中も、生徒たちの呼びかけが、あちこちから聞こえてくる。保温容器からかすかに漂う、オレンジソースの香りをかぎながら、苛立ちがまた募る。これを届け、食べてもらう佐々目の客は生徒だ。なのに、真の客は学校、そして理事会なのだ。

生徒たちが、ぴたりと口をつぐむ。ごきげんよう、と、散っていく。もう、背後で何が起きたのか、振り返らなくても分かる。

「すっかり、人気者ですね」

グレーの聖女が、ランチルームにやってきたところだ。

せえの、と、生徒たちが力を合わせ、食缶を廊下のワゴンからランチルームへと運び込む。見守る入江の横顔を、そっと盗み見た。「気をつけてー」と生徒たちを先導する、沼間先生と見比べる。あんな風に入江がワンピースを着て髪を伸ばしたら、どうなるのだろうと想像してみた。相当、美しくなりそうな気がする。

不思議な人だと思う。白蘭女子に通うようなお嬢様であり、エスコフィエを諳んじる教養と、美食への愛――おそらく――を持ちながら、なぜ修道女になったのだろう。佐々目が入江だったら美食に生きる。俗世にしがみついて離れない。

そして、髪切り少女・香名のときといい、先日の毛利のときといい、人の弱さを知り尽くしていること。もしかして何か、こじらせたのだろうか。色白の横顔を、また盗み見た。

「何か？」

振り返った入江の口元は、笑みをたたえている。「いえ」と目を逸らすと、佐々目の慌てぶりを楽しむように、ふっ、と息をつく音がする。やはり、この聖女は苦手だ。「失礼します」と、階段に向かって踏み出したとき、「佐々目さん」と入江が呼び止めた。

「お願いがあります」


毛利が隣で「あれ？」と小さく声を上げる。両開きの大扉が、開け放されているのは意外だった。てっきり、閉ざされていると思っていた。入り口の左右に、毛利と分かれ、揃って礼拝堂の中を覗き込んだ。

二百人近い、グレーの背中が、ウッドのベンチに並んでいる。静まり返った礼拝堂では、全体礼拝が行われているところだ。今にも雨が降り出しそうな天気のせいで、礼拝堂は薄暗い。ステンドグラスから差す弱い光が、真下にある教壇を、柔らかいスポットライトのように照らしている。

——来ましたけど？

教壇に立っている聖女は、佐々目と毛利が訪れたことに気づかないかのように、神の教えについて語っている。

——毛利さんと一緒に、礼拝堂にいらしてください。

シスター入江にそう頼まれ、仕事を早めに終えて毛利とやってきた。食育の話でもするのだろうか、と、堂内を見渡したとき、入江が教壇から佐々目たちをまっすぐ見据えた。灰色の海を挟んで、向こう岸とこちらに分かれたようだ。「皆さん」と、入江が生徒たちに呼びかける。

「目を閉じてください」

生徒たちが目を閉じたのが、気配で分かる。教壇の入江が、佐々目たちにちらりと目を向け、そしてまた、生徒に呼びかける。

「質問があります。正直に答えてください」

目を閉じさせたのは、周りの影響を受けないようにという配慮だろう。

「学校での昼食を、自由食に戻してほしいと希望する方は、手を上げてください」

言い終えた入江が生徒たちを見渡す。毛利が、前のめりになって生徒たちを見つめる。一緒に、生徒たちの答えを待ち受けた。

一本、手が上がった。また一本。また一本。雨足が激しくなるように、次々と手が上がっていく。毛利が、小さく息を呑む。

教壇の入江との間の灰色の海が、生徒たちの上げた手で埋め尽くされている。手を上げていない生徒を探した。ところどころ、手の間に、下げたままの肩が見える。しかし、礼拝堂の生徒の八割は、手を上げている。佐々目が来る前、アンケートで自由食を希望した生徒の割合と、まったく同じだ。

――なんで⁉

親しんでもらえるようになったと思っていた。ホテル給食にもチャンスをもらえたと信じていた。

「結構です」

生徒たちの手が下がっていき、向こう岸にまた入江が姿を現わす。

――空しいこと。

そう告げるような、入江の冷やかな視線を感じながら、毛利と二人、冷たく広がる灰色の海をただ見つめた。

3章　ゲスト

1

「ささめ、ここ、読んでみて」

廊下に止めた配食ワゴンから、食缶を礼法室に運び込むところの佐々目に、雑誌の切り抜きが突き出される。ふふ、と佐々目を取り囲んだのは、本館から教室に戻るところの一年生数人だ。指で示された箇所を、言われるままに読み上げる。

「お前だから、強引なんだよ」

きゃーっ、と一年生たちが「胸キュン恋愛セリフ」の切り抜きを奪い取り、階段へと駆け去っていく。体育館から教室に戻るところの、ジャージ姿の二年生たちが、ふん、と佐々目を笑う。

「ささめ、意外と恋愛下手？」

「お前、なんて言ったら引くから、女は」

ジャージ姿の「女」たちが、含み笑いで階段に向かう。「もう」と礼法室に向かう三年生たちが、佐々目の周りに集まって姉のように優しく笑う。

「ささめ、あんなの気にしちゃダメ」

「あの子たち、子どもだから生意気なこと言うの」

礼法室に入っていく三年生に続いて、「ささめ」と柔らかな声が呼びかける。同級生に囲まれて歩いてきた季里が、佐々目に手を振った。同級生たちも「ささめ」「ささめ」と一斉に手を振る。

白蘭中学校の神、季里と親しくなったことで、佐々目の認知度は驚異的に上がった。一年生は無邪気に、二年生は生意気に、そして三年生は大人ぶって、佐々目に接してくる。

――なのに、どうして？

礼法室の玄関に設けられた配食スペースに、盛り付け見本をのせたシルバーのトレイを運びながら、グレーのベールを横目で見た。シスター入江が、食缶や保温容器を設置する担任教師や給食当番の生徒を、穏やかな表情で見守っている。

――学校での昼食を、自由食に戻してほしいと希望する方は、手を上げてください。

先週末、礼拝堂で入江の質問に手を上げた、全校の八割近い生徒の後ろ姿を思い出す。何かの間違いだ。そう思って、週明けの今日、給食作りに一段と熱を入れた。

今日の縦割り給食は、礼法室で給食を食べる。和式のマナーを学ぶためだ。強化磁器の和食器に、給食当番が給食を盛り付けていく。生徒たちは一人一人、和食用の黒のトレイを受け取り、座敷に設けられた長い座卓へと向かう。

今日の椀は、海老しんじょの上に、丸く抜いた透明な薄切り大根を掛け、淡く曇ったしんじょのピンク色と、葉ネギのグリーンを美しく覗かせている。そして、栗ご飯とさわらの西京漬け、デザートは和三盆で上品な甘みをつけた、リンゴのコンポートだ。配食スペースの前で、座敷で、椀を見た生徒たちが、「きれい」と抑えた声を上げる。もしかしたら今日は、と、期待が胸に込み上げる。

給食終了の時間を待ち兼ね、礼法室へと駆けつける。二階、三階へと戻っていく、生徒たちの波に逆らって走り、給食当番が礼法室から運び出す食缶を受け取ってワゴンに乗せた。頼む、と、息を詰めてフタを開ける。がくり、と、肩の力が抜けた。いつものように、残菜はかなりの量だ。

「ささめ」

「ごちそうさま」

階段に向かう生徒たちがささやく。屈託のない笑顔で、小さく手を振って去っていく。

「給食のお兄さま」、佐々目は受け入れられても、肝心の給食は受け入れてもらえない。残菜率は微減、微減で今は停滞。少なくとも、中学校の平均である十パーセント台はまだ遠い。

「……なんでなんですかね？」

給食室に戻り、柳井と七波と後片付けをしながら、七波に聞いてみた。七波は皿を運搬ワゴンに積みながら、「それ普通かも」とあっさり答える。

「佐々目さんは佐々目さん、給食は給食、ですよ。中学生の女の子は、そんな単純じゃないですって。好きでも逃げたり、気になってもそっぽ向いたり」

七波が「あ」と皿を積む手を止める。

「あんまりモテないでくださいね。佐々目さんのためにキレイになりたい、って、生徒たちがダイエットを始めちゃうかも」

「いや、ダイエットは困るけど、生徒にモテるのはいいことだよ」

柳井が明日のメニュー表をチェックする手を止め、「宗ちゃんさあ」と佐々目に向き直る。

「人という字は、支え合ってる、っていうじゃない？」

唐突な人生訓に「はい？」と聞き返すと、柳井がくるりと向きを変え、彼方を指差した。

「理事会は、生徒の親たちから、ホテル給食を続けてほしいと言われれば、絶対続ける。だって、これだよ？」

柳井が指差したガラス壁の向こう、配膳室の窓の外には、広大な敷地が広がり、豪奢な校舎、体育館、大聖堂などが並ぶ。この広いDの形をした敷地と、その中にある建物を、生徒の親の寄付で賄っているのだと想像すると納得だ。財力では、全員の親が有力者だろう。

「生徒の親たちは、可愛い我が子から、ホテル給食を続けてほしいと言われれば、理事会にそう頼む」

柳井が佐々目を見上げ、にやりと笑う。

「生徒が宗ちゃんを好きになれば、親に頼む。ホテル給食を続けて、ずっと、給食のお兄さまに白蘭にいてほしいと」

「ずっと……⁉」

反射的に目が、廊下に向いた。保健室前に貼られた、緑と赤、金色で彩られたチラシは、十二月に行われる、クリスマス礼拝のものだ。

ホテルのメインダイニングでも、もちろん、クリスマスのスペシャルディナーを用意する。そのときは、何としてでも厨房にいたい。エリートの柳井と違って、佐々目はまだまだ、足元を固めている最中なのだ。「いや……」と、さりげなく離れようとする佐々目の腕を、柳井がすかさず摑む。

「生徒も寂しがるよ？　宗ちゃんがいなくなったら。それに、白蘭のホテル給食は、宝の山」

柳井がすい、と佐々目ににじり寄る。

「白蘭とウチの契約が無事更新される。来年四月、白蘭小学校から上がってきた新一年生も、ホテル給食が大好きになる」

空想で公家顔がほころんでいる。

「実績を積んで、白蘭小学校でも、ウチのホテル給食が始まる。中学校は二百人だけど、小学校は四百人近い生徒がいるよ。あとね、白蘭には、北海道と関西に、姉妹校もあるんだよ。そこにもホテル給食の道筋をつける。大切に育てようよ、キャビアのように」

柳井が「おいしいよ」と、佐々目を肘でこづいてダメ押しする。

さすがは次期宴会部長と噂されるやり手、人のよさそうな顔をしていても、抜かりはない。ホテル給食を成功させて昇進、というキャビアを味わうために、佐々目の確保にかかっている。

「いや……」

言葉を濁すことしかできない。給食作りも大切だし、生徒たちに素晴らしい給食を作りたいとは思う。でも、ホテルで修業して店を出すという夢があるのだ。そう言おうとしたとき、柳井が続けた。

「まあ、俺はともかくとして、窪さんがねえ」

まさか、と柳井に向き直ると、公家顔が肩をすくめる。

「ホテルのためだからね。配置換えとかも、ないことはない、かも」

「ホテルの、ために……？」

背筋がぞくりとした。廊下の向こうに、本館に移動する生徒の群れが見える。グレーの流れの真ん中で、人柱にされた自分が頭に浮かんだ。

「佐々目さんに、お願いがあります」

休憩室のテーブルの上、毛利が一枚の紙を、向かいに座る佐々目へと滑らせた。

「……生徒給食？」

企画書らしき紙の、一番大きな文字を読み上げた。毛利が「課外授業で」と、力強く佐々目に告げる。

「生徒が考えた食育メニューを、給食に出します。もちろん、給食室の皆さんと僕がフォローして」

あちこちの学校で、効果を上げている食育イベントだという。

自分たちでメニューを考えることで、栄養や作る手間、食べてもらう喜びを感じる。同級生が作った給食、ということで、他の生徒たちも興味が増し、食欲が湧く。そして、残菜率も減る、という、文句無しの内容だ。「いいですね」と、紙に目を落とすと、毛利が「お願いがあります」と繰り返した。

「給食の見た目を、できる限り、シンプルにしたいんです」

「……入江先生に、そう言われたんですか？」

まさか洗脳されたか、と身構えると、毛利が「僕の考えです」と答え、横に置いた雑誌を広げる。

「女子中学生は、とても忙しいのです。やることだけではありません。考えることも。勉強、友だち付き合い、お洒落、恋愛、おやつ、ファッション、化粧」

見開きのページには、目が痛くなるほど、モデルや洋服、制服、化粧品、菓子、そして男子の写真と文字が詰め込まれている。毛利が指導の参考にと読み込んでいる、女子中学生雑誌『リコラ』だ。

「その上、給食が見た目もきれい、栄養もたっぷり、だと、生徒たちの頭の中はキャパオーバーです。結局、どちらも中途半端にしか味わってもらえません。ですから、ここは一つに絞ろうと」

どん、と毛利が愛用の『食品成分表』をテーブルに置く。

「給食では、栄養をアピールすることに絞ります！」

嫌です、と即答すると、毛利が哀願するように両手を組む。

「やむをえません。僕の研修は、もう半分が過ぎてしまったのです」

「そういうことなら、栄養の説明を少なくしてください。給食を存分に楽しめるように」

毛利の説はもっともだ。「考えるな、感じろ」という名言を毛利に教えてやると、「いいえ！」と子犬顔が吠えた。

「栄養があってこその給食です」

「女子中学生にとっては、見た目が命でしょう」

指で適当に開いたページを叩いた。『カワイくなければ許せない！　私たちの大好きアイテム』という見出しを、毛利の目の前に突き出した。

「見た目が素っ気なかったら食べてくれません。目で味わう給食の魅力を、もっともっと、アピールしないと」

「これという成果は出ていないじゃないですか」

そう言われると返す言葉がない。

毛利が黒目を潤ませ、ノートパソコンを開いてみせる。

「僕、成果を上げずに若竹小に帰れません……」

画面に映る「栄養教諭二年目研修に於ける概要」というフォーマットは、何も書き込まれていない。カーソルが入力を急かすように点滅している。

「栄養教諭、失格だと言われます。みんなから石をぶつけられるのです。栄養士業界から追放されるのです。寒い冬が来るのに、帰る場所がなくなるのです……」

ううう、と涙声が続く。子犬顔を覆う手を引っ剝がし、涙の出ていない目を睨んだ。

「俺も、同じです」

――給食を食べてもらえないと、俺はホテルの厨房に戻れないんだよ！

効果が高いという食育イベントで、見た目を譲るわけにはいかない。毛利を説得する材料を探して『リコラ』を手裏剣のようにめくっていると、ぼそりと声がした。

「……じゃあ、生徒たちに決めてもらいましょう」

毛利の弱々しげな泣き顔が、挑むような睨み顔に変わる。

「生徒給食を二つのチームに分けて、佐々目さんのチームは見た目、僕のチームは栄養を前面に打ち出します。残菜率が低い方のコンセプトを、一押しにする。ってことで、どうですか？」

子犬顔が佐々目を、上目遣いで見据える。

「健やかな肉体と精神を保つのに必要不可欠な栄養と、見た目と、どちらが優先か」

「……いいですね」

絶対に負けねえ、と、黒目がちの目をがっちりと睨み返した。

「わざわざ、ありがとうございます」

グレーの聖女と並んで、本館四階の廊下を歩きながら、もう一度礼を言った。

生徒給食は、課外活動ということで、三年生を十人ずつに分けて行う。初回は毛利と佐々目で、二チームに分けて実施したいという願いを、入江は拍子抜けするほどあっさり聞き届けた。

「期待しておりますから」

入江が佐々目を見上げ、口元をほころばせる。先週、礼拝堂で佐々目たちに厳しい現実を突きつけたことなど、忘れたかのようだ。生徒は佐々目たちのことは受け入れても、ホテル給食は受け入れていない、と。前に向き直った入江が続ける。

「このイベントを期に、生徒たちが親睦《しんぼく》を深めてくれるよう願っております」

「親睦？」

「女の子は、小さなグループに分かれて固まりがちですから。ただでさえ、人数の少ない学校です。一人でも多くの友だちを作って、心豊かな学校生活を送ってほしい、と」

ラウンジの前で足を止めた入江が、再び佐々目へと向く。

「佐々目さんたちにも、白蘭の生徒のことを、もっとよく分かっていただけるかと」

ラウンジでは三つのベンチに分かれて、五人の赤リボン、三年一組の生徒が座っている。「ごきげんよう」と入っていく入江に続いて、中に入る。生徒たちがおとなしく「ごきげんよう」と応える。前に進み出た入江が、五人に向いた。

「佐々目さんのご指導のもと、来週の生徒給食に向けて、楽しく、仲良く、活動してください。出来上がりを、楽しみにしております」

生徒たちが羊のように素直に「はい」と応える。それでは、と入江が佐々目に座席表を差し出した。「お役立てください」と微笑み、入江がラウンジの出口に向かう。やけに優しいな、とグレーの後ろ姿を見送り、さて、と生徒たちに向き直って固まった。

羊が狼になった。そのくらい、雰囲気が変わっている。五人、前を向いて座っているのはさっきと同じでも、室内の温度が十度くらい下がったかのように、雰囲気が冷え冷えとしている。とりあえず「佐々目です」と挨拶した。

「生徒給食、初回は、秋の食材を使ったメニューを考えてもらいます。みんなで、アイデアを出し合って」

誰も、何も応えない。ささめ、と、いつものように軽口を叩く生徒さえいない。緊張しているのだろうかと、まずは一番近い生徒に「君は？」と呼びかけた。

「何か、作りたいメニューはある？」

はあ、と、ため息をつくのが聞こえた。ベンチの肘掛に体をもたせ、斜めに座った少女が、面倒くさそうに背中の辺りまである髪をかき上げる。泉田杏花《いずみだようか》、と素早く座席表で名前をチェックした。

「スイーツ？　とか？」

かく、かく、と首を左右に傾け、だるそうに答え、また髪をかき上げる。アンニュイな雰囲気を狙っているらしい。

「……君も？」

ボーイッシュなショートカットの小山内知佐《おさないちさ》を指名すると、ふん、と鼻で笑って肩をすくめた。

「スイーツなんて、ありがちだと思います」

「あら、そちらの方、もっと素敵な意見を聞かせてくださるのね。早くおっしゃって」

アンニュイが応戦するが、ショートも負けない。

「ええ？　そちらの方が、もっと素敵な意見をおっしゃるのを待っております。まさか、スイーツだけ？」

ぷっ、と笑う声がした。メガネを掛けた山崎美羽《やまざきみう》が、小馬鹿にしたように、二人をちらりと見た。

「意見だけ言えばよろしいのに、そちらの方たち、張り切ってらっしゃること」

ラウンジ内が荒野と化している。「一人ずつ」と生徒たちを制する佐々目の声を、妙に明るく弾んだ声が「それなら」と遮る。一年生と見紛う童顔の少女、ツインテールの高瀬《たかせ》仁絵《ひとえ》だ。

「別に自分たちで決めなくても、佐々目さんに決めていただければ、一番よろしいじゃないですか」

自分で言って自分で手を叩く仁絵につられたのか、他の生徒も手を叩く。アンニュイは気だるそうに、ショートは適当に、メガネは上品に手を叩いている。

「君は、それでいいの？」

一人、離れて静かに座っている、赤羽望《あかばねのぞみ》に向いた瞬間、うわ、と声を上げた。妙に大きい目が、瞬きもせず、佐々目を見据えている。ふふ、と、巨大な目の下で、ぱちりともう一つ目が開く。

瞼に描いた絵だ、と気づくのに、数秒掛かった。「びっくりした？」と望が愉快そうに、化粧道具らしき白いペンシルを佐々目に向けて振りかざす。サイドを流したセミロングの髪に、はっきりした顔立ち。肩がしっかり張り、足は細い。見た目はイタリアンマダムのように大人っぽいのに、やることは小学生だ。質問し直そうと口を開いたとき、「ささめ」と望が背後を指差した。

アンニュイはだるそうに、ショートはどすどすと、メガネはまっすぐに、ツインテールは弾むように、次々と出口に向かう。「どこ行くの!?」と呼びかけると、「結論出たし」と、望までもが、席を立つ。「待って」と腕を摑むと、うふ、と、大人ぶった笑みで、斜めに佐々目の顔を見上げ、ついで自分の腕を摑んだ手に向く。相手はお嬢様だ、と慌てて手を離すと、悠々とラウンジを出ていく。

どういうことかと入江を探して本館、中学校舎と走った。いねえ、と唇を嚙み、そうだ、と保健室に走った。

「なあに、やられっぱなしだったの？ まあ、仕方ないか」

事情を話した佐々目を、今日も遊びに来ていた沼間先生が声高らかに笑う。「先生」と制した井住先生が、気の毒そうに佐々目を見た。

「そちらの方、って、白蘭用語。私と仲良くないあなた、っていう意味」

いやな予感がした。井住先生が顔をひきつらせた佐々目に、優しく説明してくれる。

「女の子って、小さいグループで固まりやすいでしょう？」

聖女が言っていたのと同じことだ。

「白蘭でも、好きな子としか付き合えない。嫌いな子と割り切って付き合うことができない生徒が多いの。放っておくと、クラスの雰囲気が悪くなるでしょう？　だから、定期的に校内のイベントでシャッフルするの。普段、仲悪い子同士に、触れ合う機会を持たせるために」

井住先生の丁寧な説明を、沼間先生が一言でまとめる。

「このグループ、仲の悪い子が集まっちゃってるから」

きれいにモーブのネイルカラーをほどこした指が、佐々目が見せた座席表を叩く。

「もうね、導火線を五本集めたみたいな？　それを、一つの箱に入れたみたいな？」

まあウマシカ、と、ころころと二人が笑う。

——入江！

聖女の意味ありげな笑みを思い出す。給食室に戻ると、見慣れた細い肩も悄然《しょうぜん》と丸まっていた。

「僕のチームは、とっても順調です」

唇を噛みしめていた子犬顔が、ひきつった笑顔を作り「順調です」と繰り返す。佐々目と同じ目に遭ったらしい。

「こっちも順調です」

戸締りのため、生ゴミ処理機を入れた小屋の鍵を掛けに向かいながら、背中で告げた。弱みを見せるわけにはいかない。調理師のプライドを賭けて戦う相手なのだ。

「……あれ？」

鍵を手に、地面にしゃがんで見入った。

地面に、白い点が散っている。指でつまんで見ると、米粒だ。一掴みよりは少ないが、大さじ一杯くらいはありそうだ。「なんで白米が？」と毛利も寄ってきて見入る。

「給食室のものでしょうか？」

下ごしらえも食品の保管もホテルで行われるが、調味料、乾物は、給食室の倉庫にストックされている。米も、もちろん最高級のものが、専用の冷蔵庫で保管されている。

「佐々目さんなら、味をみたら分かるでしょう？」

「質の善し悪しくらいは分かっても、種類までは無理ですよ」

なんでこんなところに白米が、と、改めて白い点を見つめた。

「……まさか、誰かが給食室に入ったとか？」

毛利の表情が強張る。「そんな」と手の鍵束を見せた。

「給食室には鍵がついてるじゃないですか」

「鍵、持ってれば誰でも入れるってことでしょう」

毎日帰りがけに鍵を預ける、事務室のフックを思い浮かべた。そこから鍵を誰かが持ち出して、給食室に入ったのではということだ。「考えすぎですよ」と笑った。

「搬入のときに、パッケージからこぼれたんでしょう」

「……そうですよね」

子犬顔が給食室に戻っていく。きっと佐々目と同じように、毛利も「シャッフル」のことで頭がいっぱいなのだろう。

2

――嘘だろ⁉

翌日の放課後、本館へと向かう途中、正面玄関の前で立ちすくんだ。

「佐々目さん、どうしました？」

毛利が五人の赤リボンを従え、にこやかに佐々目を見る。促され、「ごきげんよう」と五人が声を揃えて佐々目に挨拶をする。

「……チームワーク、いいですね……？」

「ええ、みんなで頑張ろうと誓い合ったのです。チーム名も決めました」

毛利が手で示したのは、五人の少女が制服の胸につけた、幅十センチほどの、名刺サイズのバッジだ。「栄養」とゴシック体で記されている。直球勝負らしい。なぜ毛利だけ、と呆然と立ち尽くす佐々目の前、毛利と五人は楽しげに階段を上がっていく。

「毛利先生、またあれやって」

一人の声に、毛利が「ひとつだけね」と応える。何をだよ、と見送っていると、毛利はポケットから出したハンカチを、丸めて握ってさっと消した。特技のひとつ、手品だ。「すごい」と少女たちが手を叩く。

――芸で生徒の機嫌取りかよ！

休憩室に駆け戻り、ホテルに出勤する前に食べようと持ってきたリンゴを、ロッカーから出した。芸なら佐々目にもある。ラウンジでカッティングを見せ、佐々目チームの生徒たちの心を奪い、チームをまとめてチーム名もつけるのだ。

絶対に毛利にも栄養にも負けない。意気込んでラウンジに駆けつけると、待っていたのはドアに貼られた紙だった。「ああ⁉」と声を上げてむしり取ると、通りかかった生徒たちが、怯えたように遠ざかる。慌てて「ごめん」と謝り、紙を改めて見た。

再生紙に印刷した佐々目チームの名簿、メンバーの名前の横につけた余白は、五つの違う文字で埋め尽くされている。

「塾のため。ピアノレッスンのため。バレエレッスンのため。茶道の稽古《けいこ》のため。華道の稽古のため……」

お嬢様め、と、紙とリンゴを握りしめた。

サボりは許さねえ、と翌朝、三年クラスの廊下に出撃した。登校してきたアンニュイ杏花を捕まえ、ショート知佐とツインテール仁絵も確保した。一度たりともまともに目を合わせない三人に「やりたくないの？」と尋ねると、仁絵から高飛車な答えが返ってきた。

「やってもいいけど？」

お前らの教育課程だろうが、と怒鳴りたいのを我慢して、「じゃあやろうよ」と精一杯の笑顔を作った。反応が無いので「どうせなら楽しく」と付け加えた。

「そういう風に？　してもらえれば？」

「誰かが、まとめてくれるとか」

杏花と知佐も、似たり寄ったりだ。深呼吸で気持ちを落ち着け「もう一つのチームは楽しそうだよ」と告げ、盛り上げようと明るく続けた。

「みんなで協力すれば、楽しくやれるよ」

三人が、ちらりと視線を交わす。頼む、と念じた佐々目の前、仁絵がつれなく歩き出す。

「私から先に、頭を下げるなんて」

「無理」

「いや」

杏花、知佐も、それぞれ教室に戻っていく。プライドの高いお嬢様なのだ、と自分の失言に気づいたときは遅かった。

——うろたえてはならない。

着替えて給食室に行き、消毒液で調理台を拭きながら、巨匠エスコフィエの言葉を頭の中で繰り返した。もっと辛い目に遭っても乗り越えてきたのだ。お嬢様のワガママくらい何だ。

「おはようございます」

子犬顔が入ってくる。「おはようございます」と振り返り、余裕のある表情を見せつけてやった。

「……ちょっと、いいですか？」

毛利は紙ナフキンで覆った紙皿を手に、回転鍋の前で立ち尽くしている。何だ、どうしたと近寄ると、子犬顔が「あの……」と遠慮がちに切り出した。

「これ、食べてみてもらえますか？」

差し出された紙皿の、紙ナフキンをどけた。三センチ角ほどの、緑色の塊が載っている。

「『栄養』が考えた、鉄分たっぷりケーキです」

もう、試作まで進んだらしい。焦る気持ちを抑え、「いただきます」と受け取った。恐る恐る口に入れ、一口噛みしめた。

——まずい。

たぶんホウレン草を使ったのだろう。アク抜きをしなかったのか、妙な苦味がある。まずい、と正直に告げようとした佐々目を遮り、毛利が「そういえば」と早口で続ける。

「白石先生が、佐々目さんのことを、素敵だ、って」

え、と目を見張った。毛利がうなずく。

「憧れてるの、って」

「……何、言ってるんですか」

緩む口元を隠そうと、緑色をもう一塊、口に入れた。毛利がたたみ掛ける。

「佐々目さんの、料理をする姿が素敵だって」

見たことないだろ、と笑ったところで気づいた。辺りを見回し、ガラスに向いた瞬間、固まった。「栄養」バッジをつけた、五人の赤リボンが、並んでガラスに貼りつき、佐々目を見ている。毛利が外へと駆け出していく。何ごとかと追って出ると、毛利は五人に向け、両手を広げて告げる。

「みんな、佐々目さんがこのケーキ、おいしいって！」

五人が喜ぶ。まずい、と言えず戸惑っていると、五人が群がってくる。

「ささめ、おいしかったんだ？」

「ニヤニヤしてたもんね」

「そんなに気に入ったんだ？」

毛利が「そうだよ！」と少女たちをあおる。

「プロの調理師である佐々目さんを、おいしいって笑顔にできたんだよ！　だから、もっと頑張ろうね！」

ほくそ笑む黒チワワを、許さねえ、と睨んだ。

――毛利には勝てないかも。

昼休み、三年生のフロアに配食ワゴンを届けながらも、どんどん気力が萎えていく。

杏花や知佐たち、佐々目チームのメンバーに声を掛けようとしても、教室に逃げ込まれてしまう。スタート地点にすら立てない。

毛利に負け、見た目が地味な給食になったら、もう残菜率は下がらないかもしれない。そうすれば、ホテルの厨房には戻れない。もしかしたら、異動で正式に、給食室の担当になるかもしれない。ため息をつき、廊下の向こうを何気なく見て、足が止まった。シャンパンの泡が弾けるように、きらきらと目の前が光り輝いた。

赤羽望が、季里と歩いてくる。望が熱心に話しかけ、季里が笑顔で聞いてやっている。通りかかった生徒を捕まえて尋ねた。

「ね、あの二人って、仲いいの？」

「キリと望？　親友だよ、白蘭幼稚園からの」

頭の中でファンファーレが鳴った。


これも神のお導きだと、喜びで足を止めた。六時間目の授業終了を見計らって、廊下へと出た。本館の専科教室から奔流のように戻ってくる生徒たちが途切れたところで、祈禱室の中を覗いたところだ。

薄暗い室内、奥の壁に掛かった十字架の手前で、教科書やノートを抱えた季里が、半ば横顔を見せてうつむいている。前で、シスター入江が季里に何かを告げている。

「ごきげんよう」

出てきた入江は、いつもの穏やかな笑みを口元にたたえている。「ごきげんよう」と、入江の背後で季里が、いつもの笑顔で肩をすくめる。覗き見していたのがばれたようで決まり悪い。

「……もしかして、怒られてた？」

遠慮がちに見下ろすと、小さな顔が「うん」と、鼻にシワを寄せて笑った。

「リボンが曲がってます、って。入江先生、厳しいから」

「中園さんにも厳しいんだ？」

誰からも愛されるはずなのに、と少し意外だ。「三年生になってから、とくに」と答えた季里が、問いかけるように佐々目の顔を見上げる。

「ちょっと、赤羽望さんのことを聞きたくて」

「望？」

「中園さん、仲がいいんじゃないかな、って」

生徒給食を成功させるために、せめて望だけでも味方につけたい。そのためにだと正直に告げて頼むと、少し迷ったように目を泳がせた。

「望はね、私よりずっと人気者だったの」

正面玄関前の、ミーティングコーナーに置かれたベンチに並んで腰掛けると、懐かしそうに季里が、パスケースを見せてくれる。望と撮ったプリクラが貼られている。「キリちゃん」「お姉さま」と、ひっきりなしに声を掛けられ、そのたびに手を上げたりして応えながら、話してくれる。

「私みたいに大人しくなくて、元気で、行動的で、二年のときは学年委員長だった。テニスがとっても上手で、世界を目指す、って、二年の終わりに白蘭をお引きになったの」

退学した、という意味だ。転校先は、隣の県にある、テニスが盛んな私立女子校だという。S区からは、電車で一時間半くらい掛かる場所だ。

「でも、四月だけで、五月からはまた白蘭に。お父様が具合を悪くなさったから、って。それから望、変わっちゃったの。テニスも止めちゃって、それに……いろいろ」

季里が寂しげに伏せた目を、佐々目へと上げた。

「だから私、望の気が進まないことを、やれとは言えない」

ベンチから立ち上がった季里が、「ごめんなさい」と佐々目に背を向ける。「待って」と階段に向かう季里を追いかけたそのとき、階上から「いやあ！」と少女の悲鳴が響いた。顔色を変えた季里が、階段を駆け上がる。何ごとかと後を追った。

三階に着いて見回すと、先に着いていた季里が立ちすくんだ。その視線の先、数名の生徒が見守る中、三メートルほど向こうで、望が傲然《ごうぜん》と立っている。その口の端からは血が流れ、頰の辺りの皮膚は破れている。

「手の込んだことをなさること」

望の前に立ちはだかっているのは、シスター入江だ。手に、血のついたマスクを持っている。季里が駆け出し、入江と望の間に「どうしたんですか」と割って入る。

「ハロウィンが近いから、みんなを楽しませようと」

頬に手を伸ばした望が、血を拭き取り、傷を剝がす。メイクなのだ。

「空しいこと」

入江は冷たく望を見ている。

「白蘭では、ハロウィンは行いません。幼稚園からいるあなたは重々承知のはず。楽しめる場所に、行かれたらいかがかしら」

顔をひきつらせた望が、入江が差し出したマスクを奪う。入江は悠然と階下に向かう。望、と季里が腕を摑み、「ダメだよ」と揺する。

「何度も言ってるでしょ？　退学になったら、私たちが困るんだよ？」

私たち。本当に仲がいいことが、その言葉からも分かる。

「……分かってる、けど……」

望がふてくされたようにうつむく。苛立っているのが、手に取るように分かる。

——認めてほしい。

かつて、レストランを転々とした時代、佐々目も認めてほしくて悶々《もんもん》としていた。今、思い出すと、顔を覆いたくなるような自己主張の押しつけを何度もした。構ってほしいと騒ぎを起こす、今の、望のように。

「なんでささめがいるの？」

気づいた望が、季里に尋る。季里が口を開く前に、「ちょっといいかな？」と切り出した。

二人を給食室に連れていき、ガラスの前に立たせた。ガラスを挟んで、給食室の中から向かい合い、フタをした回転鍋の上にまな板を置いた。季里がガラスの向こうで、何をするの、というように首をかしげてみせる。

まな板の上で、ペティナイフを使ってリンゴを二つに割った。本当は目の前で披露したいが、生徒の前でナイフは使えないのでガラス越しだ。二人が見ていることを、ときどき視線を上げて確認しながら、二つの塊を交互に彫っていく。二つ同時に仕上げるためだ。数分で仕上げ、ガラスの向こうに見せると、季里と望が揃って目を見張った。望の声が小さく聞こえる。

「ささめ、すごい！」

廊下に出て、リンゴで刻んだバラの指輪を二つ差し出すと、季里も望も「可愛い」と声を上げた。指にはめ、手をかざしたり並べたりしている二人に向き直った。

「こんな風に、人を驚かせてみない？　君が、シェフになって」

「シェフ？」

「そう、料理長。オーケストラで言えば指揮者。生徒給食なら、それができる」

生徒給食のリーダーになって注目を浴びることで、望が少しでも落ち着けば、一石二鳥だ。

「やってみたら？　絶対面白いよ」

季里が望の肩を抱く。

「望、センスいいもん。ささめもいるし、なんか、面白いことが考えられると思う」

肩を揺すられた望が、リンゴ指輪をはめた手をかざす。そして、少し考えたあと、季里を振り返った。

「手伝ってくれる？」

ようやくここまで来たかと、正面玄関の向かいに設けられた、ミーティングコーナーを見渡した。望を前に、杏花、美羽、知佐、仁絵が、ベンチに座っている。前に立った季里が「頑張ってね」と話しかけ、五人もぎこちないながらも応えている。

「ずるい。中園季里を、神を味方につけるなんて」

振り向くと、通りかかった毛利が、子犬顔を般若のごとく歪めて佐々目を睨んでいる。

「俺には、毛利さんのような芸はないんで」

ごきげんよう、と歯を食いしばる毛利を置いて生徒たちのもとへと向かった。

去っていく季里に手を振り、五人の前に立った。

望がやる気になり、神が「望に協力してあげて」とメンバーに頼んでくれたことで、ようやく佐々目チームは始動だ。

「ねえ、チームの名前、つけよう。あっちは『栄養』だから、こっちはもっとお洒落な名前」

対抗意識を燃やしているらしい望が提案する。「美貌《びぼう》」「カトレア」などと、案を出し合う生徒たちを見ながら、俺もバッジでも作ろうかと考えていると、視界を灰色が横切った。通りかかった入江が、佐々目たちを見ている。

「順調ですこと。楽しみです」

立ち上がり、歩み寄った佐々目に、入江が慈愛の笑みを向ける。

「個性的なメンバーを、揃えていただきましたから」

皮肉を込めて応えても、「そう言っていただけて」とさらりと流される。

「この学校の生徒のことが、もっと分かっていただけると思います」

そう言った入江が、すっと身を寄せた。初めて会ったときのように、不意に息苦しくなった。

「佐々目さんたち、給食室の方々に、お願いがあります」

入江の口元から、笑みが消えている。小さく、低くなった声が告げる。

「どうか、外の方の目線で、生徒たちをご覧になってください」

意味が分からず「外の方？」と聞き返した。ふわり、と入江が生徒たちを手で示し、「呼ばれていますよ」と教えてくれる。生徒たちが話が終わるのを待つように、揃って佐々目に向いている。気づくと入江の姿は消えていた。

――外の方？

打ち合わせを終えて去っていく生徒たちを見送りながら、一人、ベンチに残って考えていると、かりっ、と踵の下で音がした。上履きをどけ、床を見て、まさかと目をこらした。寄木細工の床の上で砕けているのは、白米の粒だ。立ち上がって、階段を見た。軽やかに階段を駆け上がる、望の後ろ姿が、天井に遮られて見えなくなるところだ。

ついさっきまでの光景を、頭の中で再生する。ここに座っていたのは望だ、と思い出したとき、謎めいた入江の言葉が、さっきよりもっと、胸に迫るのを感じた。

3

翌日の放課後、柳井と七波に残ってもらい、チームの五人に給食室に来てもらった。秋の食材ということで、サツマイモはどうかと勧めたら、生徒たちも賛成した。これから、給食の調理法や手順を踏まえ、具体的に何を作るか話し合う。

神が降臨した、と、ガラスの向こうを見た。よろしくね、というように、帰りがけの季里が給食室を指で示し、軽やかに去っていく。心配で、様子を見に来たのだろう。

振り返ると、給食室が急に狭くなった気がする。何本かのサツマイモを洗ってカゴに入れながら、ガラス越しに廊下を見た。白い帽子と白衣、マスクに身を包んだ生徒が並んでいる。佐々目チーム改め「ゴージャス」のメンバーだ。一人ずつ、入り口で七波の指導のもと、手を洗ってから中に入ってくる。

生徒たちは「すごい」「大きい」と、回転鍋やコンベクションオーブンを見ている。「ここで給食ができてるんですよ」と、柳井が一つ一つ、名前と用途を教えていく。頑張ろうね、と望が生徒たちに声を掛ける。終わったら、米のことを聞こうと思いながら、全員の準備が整ったところで、柳井と七波を改めて紹介した。

「よろしくお願いします！」

望が手袋をはめた手で、張り切ってカメラの撮影ボタンを押している。他の四人も「よろしくお願いします」と、揃って頭を下げる。

しん、と給食室が静まり返った。

沈黙が続く。何だ、どうしたと慌てて見回して、理由が分かった。柳井と七波は、にこにこと生徒たちの言葉を待っている。生徒たちもにこにこと、柳井と七波を見ている。

「ほら、何がしたいか言わないと」

望を急かすと「何でもやります」と元気のいい答えが返ってきた。

「いや、だから、どんなことをしたい？　サツマイモで」

「この間の、みたいな？」

望が手をかざしてみせる。この間のリンゴ指輪のことだ。慌てて望を招き、小声で確認した。

「今、話してるのは、生徒給食のこと。君たちが作る」

「だから、私たちが作るから、何すればいいか教えて。あのくらいインパクトがあるものを考えてね」

望がまた、手をかざしてみせる。

「……誰か、サツマイモで作りたいメニューのアイデア、ある？」

他の四人に聞いてみた。誰も答えない。柳井、七波と視線を交わした。

「じゃあ、まずはサツマイモを味見して、イメージを膨らまそう」

柳井の提案で、生徒たちに包丁とまな板、そして、洗ったサツマイモを渡した。佐々目たち、給食室の三人で、まずは皮を剝かせる。

「できなーい」と声がした。しばらく置いてまた、「できなーい」と同じ声が繰り返す。見ると、サツマイモと包丁、まな板を前に、仁絵がぼんやり立って声を上げている。「どうした？」と急いで近づき、「こう」と切り方を教えた。

「分かんなーい」

「できなーい」

あちこちから声が上がる。返事をできずにいると、何度も繰り返す。

「分かんなーい」

望までもが声を上げるに至って、「あのさ」と七波がたまりかねたのか、声を上げた。

「分かんなーい、できなーい、だけじゃなくて、具体的に言ってもらえるかな？　切り方が分かりません、とか、これはどこに捨てるんですか、とか」

少女たちが一斉に、七波に向く。

「こわーい」

マスクで覆われた、くぐもった声がした。七波が「誰？」と苛立った声で少女たちを見渡す。「七波さん」と柳井が素早く制する。

「えー、ちょっともう無理ー」

知佐が包丁を置く。望が「え？」と慌てて駆け寄る。

「みんな、頑張るって言ってたじゃない」

「だって何にも？　教えてくれないし？」

杏花に続いて、仁絵も包丁を置く。

「こんなことまでやらされるなんて、キリちゃんは言ってなかったし」

仁絵たちに睨まれ、望は立ち尽くしている。「みんなの課外活動でしょう？」と佐々目がいさめると、美羽が眉をひそめた。

「いつもの課外活動だったら、ちゃんとした指導の人がいます」

ちゃんとした、と、苛ついた声で七波が呟く。柳井は「赤羽さん」と、優しく望に歩み寄る。

「君、リーダーでしょう？　まず、君から考えてみようよ」

望が、佐々目へと向く。帽子とマスクの間から覗いた瞳が、救いを求めるように佐々目を見上げる。頑張れ、とうなずく。

ああ、と声を上げ、望が床に崩れ落ちた。弾みで床に落ちた包丁が跳ね、柳井が「危ない！」と生徒をかばう。少女たちが悲鳴を上げる。七波が「どうしたの？」と倒れた望に駆け寄る。ぐったりと望は抱きおこされるままだ。だが、その手はそっと、裾の乱れを直した。

「大変でしたね……」

話を聞き終えた由比先生が、プラスティックのコップに入れたビールを一口飲む。

「お嬢様ってああいうものでしょうか？」

ウォッカトニックのボトルから口を離し、毛利がため息をつく。

日曜日、しかも秋の行楽日和とあって、広い公園は佐々目たちのようなピクニック客で賑わっている。ひんやり澄んだ晩秋の空気が、酒で温まった頬に心地いい。

由比先生は、この春から月に二度、この公園から歩いて数分の区民館で、カウンセリングのボランティアをやっているという。二交代で早番だったという今日、終わってから毛利と三人で昼酒を飲もうということになった。三人それぞれ忙しく、時間がなかなか合わないからだ。

日曜日に休めるなんて、白蘭女子に行ったおかげだ。普段は家庭のある同僚に譲るので、土日祝日はほとんど休んだことがない。ブロッコリーをアンチョビで炒めたつまみを、赤ワインで味わう。十分に柔らかく、そして、さくりと歯で割れる、絶妙な火の通し具合に、アンチョビの塩気、そして黒胡椒のぴりっとした辛さ。さすが俺、と二杯目の赤ワインをコップに注いだ。

由比先生は「おいしい」と、サバサンドを豪快にかじる。マリネして焼いたサバにレモン汁を掛け、オニオンスライスと一緒に挟んだだけの簡単なものなのに、喜んでもらえて嬉しい。子犬顔は手羽とバジルの唐揚げを、どこからかじろうか悩んでいる。

「あのお嬢さまたちは、なんでああ、やる気がないんでしょうか」

結局、給食室でのミーティングは、仕切り直しということで終わった。倒れた望を生徒ちと保健室に運び、そのあと給食室を念のため消毒し直した。仮病だとしても、病人が出たとなれば何もしないわけにはいかない。

――人に向ける態度じゃないでしょ。

同じ女だからか、年齢が近いからか、七波が一番怒っていた。柳井もさすがに苦い顔をしていた。

――よきにはからえ、とか言いそうな子たちだよな。

翌日訪れた毛利のチーム「栄養」も、似たような態度だった。さすがに佐々目チームほどひどくはなかったが、ぼんやり指示を待っているだけで、自分から動かないのは同じだ。

「待ってれば、誰かがやってくれるからですよ。きっと」

由比先生がビールを飲み干して続ける。

「例えば、レストランに入って席についたら、注文を取りに来てくれる、って思って待つでしょう？　自動ドアの前に立てば、開くって信じてるでしょう？　だから、こんな」

由比先生が、上目遣いでコップを差し出す。毛利が「なるほど」とビールを注ぐ。

「その子たちにとって、世界はそういうものなんです。過保護に育っていれば、それが当たり前になる」

「……まあ、そういう世界で一生、生きていくわけですから。白蘭の生徒たちは」

「僕には、想像もつかない世界です」

佐々目の言葉を受けた毛利が、ボトルを置く。「毛利さん」と由比先生が振り返った。

「ニンジンですよ」

由比先生が、コンビニで買って持参したピクルスの中から、ニンジンをつまみ上げる。

「ニンジンって、独特の味でしょう？　すり潰してカレーに入れたときだけ、食べられる子もいる」

「ありますね。ピーマンなんかも刻んで、種を取って、何かに混ぜて。手間っていえば、魚の骨を取ったりも……」

言葉を途切れさせた毛利が、佐々目に向く。

「そうしてもらわないと、食べられない」

頭の中で想像してみた。「ああ」と、納得で声を上げた。

嫌い、苦い、そして、面倒。今は、すり潰したり刻んだり、手を掛けてもらえても、そのその先は分からない。

「カウンセリングでもいるんです。新しい世界に馴染《なじ》めなくて、辛い思いをしてる方。それまでの人生が順調であればあるほど辛い。ずっと、甘やかしてくれる環境にいられるならいいですけど」

チキンの脂で口元をてからせた毛利に、由比先生が紙ナフキンを渡す。

「白蘭のその子たちだって、大きくなったら外の世界に出ることになるかもしれない。そうしたら、佐々目さんや毛利先生、給食室の方たちのような目を向けられる」

「俺たち?」

「だって、佐々目さんたち給食室の人たちは、その子たちにとって外の世界でしょう?」

「そうですね。僕らは庶民で労働者。お嬢様から見たら」

毛利が苦笑する。確かに、給食室は学校の中にはあっても別の世界だ。廊下との間のガラスのように、見えない壁がある。外の世界、と、口の中で繰り返したとき、頭の奥で、落ち着いた静かな声が響いた。

——どうか、外の方の目線で、生徒たちをご覧になってください。

シスター入江が、佐々目に告げた声だ。

「佐々目さん、どうしました？」

黙り込んだ佐々目の前で、毛利が手のひらを振る。

今まで気づかなかったことが、奔流のように頭に流れ込んでくる。残菜率、生徒たち、礼拝堂で上がった手。ままならなかった厚い壁にぶつかり、飛沫《しぶき》が上がるのを感じた。


「……ってことで……？」

今日もアンニュイな杏花が、制服の襟を直しながら、斜めに佐々目を見上げる。

週明けの放課後、仕切り直しにミーティングコーナーに集まった。望は体調不良ということで欠席だ。「これ？」と杏花に差し出されたリーフレットを見た。有名パティスリーのものだ。

「ここにお願いして？　作ってもらうってどうですか？」

「もちろん、サツマイモを使って」

知佐が得意気に、声とショートカットを弾ませる。仁絵のツインテールも仕方なさそうに揺れる。

「まあ、妥協点、ってところで」

——これが、精一杯なんだ。

リーフレットに視線を落とす佐々目に、メガネを押し上げた美羽がダメ押しする。

「お父さまが言ってました。ビジネスにおいて大切なのは、無駄を出さないことだって」

「私たちが下手なものを作るより、プロが作った方が、素晴らしいものになると思うんです」

仁絵も力強くうなずく。

何でも誰かがやってくれる。閉鎖的な世界でそうやって生きてきたのだ。杏花たちは、杏花たちなりに向き合っているだけだ。

——あの子も。

一応リーフレットを受け取ってから、三階へと上がった。

「キリが、もっとちゃんと、『ゴージャス』の子たちに言ってくれないからだよ」

生徒たちが帰った三年一組の教室で、机に腰掛けた望が、季里に背を向け、子どものように足をばたつかせている。

——親の病気で白蘭に出戻り、って、嘘だと思います。

病気の親を持つ子は、簡単に仮病なんて使いません。

由比先生に、望のことを話すと、そう教えてくれた。

望はたぶん、外の世界で挫折《ざせつ》して、白蘭中学校に出戻ったのだろう。外に出たいが出られない。そのジレンマで苦しんでいるのだ。親友の季里もそれを察しているから「ごめん」と、望の八つ当たりを受けてやっている。心のニンジンをすりおろし、ピーマンを刻んでやっているのだ。

「また、頑張ってみようよ」

教室に入り、気を惹《ひ》こうとリーフレットを差し出した。望は佐々目をちらりと見ただけで、リーフレットには見向きもせずに教室を出ていく。

「大丈夫。しばらくすれば、機嫌が直るから。幼稚園のときからそう」

季里が、望と自分のバッグを取りながら、佐々目に笑う。「ごきげんよう」と向いた方を見ると、通りかかった毛利が、教室を覗いたところだ。

「『栄養』も、結局、僕が仕切ることになりそうです」

階下に向かいながら、リーフレットを見た毛利が肩をすくめる。

――空しいこと。

入江の口癖が、頭の中でこだまする。

ホテル給食のことも同じだ。とにかく食べてほしい、と、生徒を喜ばせることばかり考えていた。だから、いつまで経っても残菜率は微減だけで、根本的には成果が上がらない。

「僕も間違っていました。小学生の指導と同じに考えていたかもしれません。中学生はもう、半ば大人です。もっと根本的なことを教えなければならなかったんです」

正面玄関で足を止めた毛利は、下校する生徒たちを見ている。

――俺は、知ってるはずなのに。

年下の先輩に怒鳴られ、周囲から冷たく扱われ、体を休めることもままならなかったホテルでの一年半を思い出す。耐えられたのは、夢のおかげだけではない。無数に傷ついてきたおかげで、強くなっていたからだ。傷つきながら得てきたものが、心を支えてくれたからだ。食べることも同じだ。嫌いでも苦手でも面倒でも、食べなければならないものはある。人に食べやすくしてもらってではなく、自分から手を伸ばして。

「なんとかしないといけませんね」

休憩室で着替え、もう一度、給食室の戸締りを確認しに行きながら、毛利が言う。

毛利さん、と、抑えた声で手招きをした。左目の端、窓の向こうで、グレーがちらりと横切った気がしたのだ。毛利がそっと、外に続くドアを開け、備え付けの外履きに履き替えて外に出る。あとに続いた。

生ゴミ処理機が置いてある小屋の辺りで、かすかな物音がする。正面から行けば、こちらの姿が見えてしまう。通用門に向かう道の、生垣の向こうへ移動し、そっと身をひそめた。

季里が、幸せそうに宙を見つめている。口が、もぐもぐと動いている。拳《こぶし》ほどの大きさの、キャラクター付きポーチから、手のひらに白い粒を開けては、口に入れ、噛みしめ、うっとりと味わっている。

——あれって。

食べ終えた季里は、スクールバッグにポーチをしまい、代わりにステンレスボトルを取り出し、一口飲んでから通用門へと歩いていく。生垣の向こう、季里が十分に遠ざかったのを見計らい、彼女がいた場所に駆けつけた。

地面に、白い粒がこぼれている。拾い上げた毛利が息を呑む。手のひらにのせて差し出されたそれは、生米だった。

4

「……生徒給食なら、もう私、無理だから」

昼休み、三階でランチルームに向かう望を捕まえた。にべもなく背を向けられ、「待って」と前に回り込んだ。

「中園季里さんのことなんだけど」

無視して歩き出そうとした望が、「キリ?」と足を止めた。行き交う生徒たちを避け、望を吹き抜けの壁際に連れていった。毛利が「大したことじゃないんだけど」と前置きし、切り出した。

「中園さんは、氷を食べるのが好きだったりする？」

望が「なんで？」と目を見張る。「食育指導の参考に」と、毛利がすかさずフォローする。まだ少し訝しげに眉をひそめながら、望が「食べない」と答える。よかった、とホッとしたとき、「今は」と望が続けた。毛利の口調が心もち鋭くなる。

「中園さん、氷、食べてたんだ？」

「今年の夏、よく食べてた。ナオちゃんちのプールに、みんなで泳ぎに行ったときとか、コンビニでカップアイスを三つくらい買ってってて、ぽりぽり食べてたし」

アイスクリームのようにカップに入れて売っている、角氷のことだ。

「カフェでジュースを頼んでも、氷だけ食べてジュースは飲まなかったり。パパたちがホームパーティー開いたときも、ワイン冷やすバケツ？　あの中の氷をつまんで、ぽりぽり」

どんなおいしいジュースでも買える財力がありながら、氷を食べ続ける季里。毛利が佐々目を見上げ、小さくうなずいてみせる。

「今は、寒くなったから、もう食べなくなったけど」

「……中園さんは、お米、持ってたりする？」

慎重に尋ねると、望の眉の辺りが、「なんで知ってるの？」と、さらに険しくなる。

「持ってるよ。ちっちゃいケースに入れて。おまじない、だって。……あ」

望が、着ているジャケットの胸ポケットを、指先で探り、「まだあった」と引き出す。

「この間、持ってるところにぶつかって、ライスシャワー浴びたの」

胸ポケットから望がつまみ出したのは、一粒の白米だ。

「赤羽さん」

呼びかけに振り返ると、いつのまにか無人になった廊下に、シスター入江が佇んでいる。

「すみません」と、望が佐々目の手に米を押し付け、早足でランチルームに向かう。聖女が鋭い目つきで、佐々目たちに向く。毛利が、入江へと手のひらを差し出した。

「お米？」

毛利の手のひらから米粒をつまみ上げた入江が、物問いたげに、毛利、佐々目と顔を見る。

入江の視線を受け止めた毛利が、小さく告げた。

「中園季里は、異食症《いしょくしょう》かもしれません」

失礼します、とスクールバッグを手に入ってきた季里が、戸惑ったように眉を上げる。礼法室を入ってすぐのところに、並んで座っている毛利と佐々目を見たからだ。

季里を連れてきた、四十代半ばの女性は、三年一組の担任、後藤《ごとう》先生だ。二人に会釈し、襖を開けて季里を連れ、入っていく。開いた襖の向こう、座敷の中央に、入江が正座しているのが見える。佐々目たちの視界を遮るように、後藤先生が襖を閉め切る。

「バッグの中のものを、全部出しなさい」

入江の声が、襖の向こうから小さく聞こえた。

静まり返った礼法室の中に、鈍い金属音がかすかに響く。バッグの中身を出す季里と、それを改める入江が出す音なのか、かしゃ、かしゃ、と、軽い物が触れ合うような音が続く。

「そちらのお二人、お入りください」

失礼します、と襖を開け、入る毛利に続いて、敷居をまたいだ。「こちらへ」と、座敷の中央に座った入江が、斜め前を手で示す。入江の向かい、きれいに正座した季里と、二人の斜め前に座った後藤先生の向かいに、毛利と並んで座った。季里の横に、スクールバッグが置かれている。

そして、入江と季里の間に、二つのものが並んでいる。片方は、五センチほどの金属ケースだ。白地にピンクやブルーのパステルカラーで、「I　LOVE　HAWAII」とロゴが入っている。ミントタブレットのケース。

もう片方はキャラクター柄の、拳大のポーチだ。おそらく、生米が入っているのだろう。

「中園さん、生の米を食べてるでしょう？　給食室の裏で」

毛利に切り出され、びくりと季里が背を伸ばし、入江をちらりと見る。「お答えして」と、入江が柔らかく促す。

「すみません。行儀の悪いことをして」

しとやかに季里が頭を下げる。「そうじゃなくて」と、気づくと声を上げていた。

「ちょっと、心配で。中園さん、夏は氷をたくさん食べてた、っていうし」

毛利が季里の顔を優しく覗き込む。「大丈夫です」と季里が明るく応える。

「これ、オーガニックですから」

いや、と口を挟む毛利を、季里はまた「大丈夫ですから」と遮る。

「ちゃんと、選んで買ってます。体にいいのを」

「……お米って、普通、炊いて食べるよね……？」

佐々目が尋ねると、季里は屈託ない笑顔を返す。

「これも、おいしいんです。私、ハマっちゃって」

季里が入江に「とっても好きになってしまって」と言い直す。

「あなたは、生のお米を、おいしいと思って食べているのですか？」

噛んで含めるように、入江がゆっくりと尋ねる。「はい」と季里は照れ笑いで肩をすくめた。

「夏ごろは、とても氷がおいしゅうございました。涼しくなってきて、家で、母を手伝ってお米を研《と》ごうとしたときに、ふいに、お米を生のままいただきたくなって、一口。そのときは、変な感じだったんですけど、それから、やみつきになってしまって」

入江が「やみつきに」と呟くように繰り返す。「どこにもない味なんです」と、季里が口調に力を込める。生米の味はどこにもないだろう、と心の中で突っ込んでいると、いたずらっぽく笑う目が、佐々目と毛利に向いた。

「でも、お友だちには、ちょっと言えなくて、それで、給食室の裏で。私、通用門組ですから、給食室の近くをよく通るので」

登下校のとき、通用門を使うという意味だ。後藤先生が半信半疑の表情で尋ねる。

「それだけ、ですか？」

「それだけです」

きっぱりと季里が答える。ダイエット中に菓子を食べてしまった、と告白でもするような、さらりとした口調だ。

「ですが、とても体にいいとは思えません。生のままでお米を食べることは、今日限り、お止めなさい」

季里が、入江を見て、きっぱりと応えた。

「分かりました。止めます」

たじろぐことなく言い切った季里の顔を、入江は少しの間見ていた。

「下がりなさい」

季里に告げたあと、入江は後藤先生に向き、小さく目で外を示した。後藤先生が膝から立ち上がりながら、季里を促す。季里は手をつき、入江に頭を下げた。

「ご心配をお掛けして、申し訳ありません。失礼いたします」

毛利と佐々目にも小さく黙礼し、季里が後藤先生を追って出ていく。玄関への襖、そして、礼法室のドアが閉まる音が続いた。

「止めるようには見えません」

まずは中園季里の両親と、スクールカウンセラーを交えて話し合う。毛利と佐々目にそう告げたあと、入江が小さく息をついた。

「オーガニックの米、っていうところが微妙ですよね……」

タバコや酒ならともかく、米だ。季里も、おやつ感覚で食べているのだろう。自分の心を侵食し始めているのにも気づかず。

「異食症は、ストレス症状です。氷や生米など、普通食べないようなものが、無性に食べたくなる。食べることは、自律神経を落ち着かせるとも言われています。それもあってかと」

毛利が入江に、プリントアウトした紙を差し出す。由比先生に頼んで、手持ちの資料をメールで送ってもらったという。

「まったく、気づきませんでした」

紙を受け取る細い肩が、かすかに上下している。動揺で荒くなる呼吸を、必死で抑えているのだろう。摑んだ紙も、わずかに歪んでいる。厳しい顔つきを見て、何日か前に入江が季里に向けた顔を思い出した。

「もしかして、あのとき、中園季里と話していたのは、リボンのことではないんですか？」

先日、祈禱室で季里が「注意された」と言っていたと告げると、入江が「リボン……？」と怪訝な顔で問い返した。

「中園季里のリボンを注意したことはありません。乱れていたことなど、ありませんから」

「じゃあ、中園季里は、先生に何を話していたんですか？」

毛利が尋ねると、入江はためらうように間を置き、そして告げた。

「期末テストが終わったころ……七月からでしょうか。聖書の解釈について、ときどき、聞きに来るようになりました。あのときは……確か、ヨハネの章について。『真理は本当に、私たちを自由にするのですか』と」

私の想像ですが、と、入江が思い出すように宙を見る。

「孤独だったのでしょう。苦しみは、人と自分を隔てる壁。苦しいほど、壁は厚く、高くなるものです」

神と呼ばれる少女に、もっとも似つかわしくない「孤独」。その言葉を頭の中で反芻しているうちに、あることを思いついた。

「入江先生、お力をお借りしたいのですが」

佐々目の言葉に、入江が顔を上げる。

「どういった、ことでしょうか？」

待って、と望の声が聞こえて、佐々目は階段を上がる足を速めた。

礼法室で季里と対峙《たいじ》した、翌々日の放課後だ。三階の吹き抜け前、帰り支度をした季里が、追ってくる望を、何ごとか小声でなだめている。「大丈夫だから」と自分の腕を摑んだ望の手を優しく放した。

足早に階段に向かったところで、季里は佐々目に気づいた。「ごきげんよう」と、いつものいたずらっぽい笑顔が佐々目を見上げる。

「ちょっと話せる?」

「今日は無理」

ごめんなさい、と季里が、階段を駆け下りていく。出直すか、と階段に向きかけたとき、腕をぐいと掴まれた。

「キリに何かあったの?」

振り返ると、望が佐々目を見上げて睨んでいる。「何か、って?」と問い返すと、ふん、と鼻息を荒くした。

「今日のランチタイム、私とキリが一緒に食べてるところ、じっと見てたじゃない」

入江に頼んで昨日と今日、ランチルームで季里と望を隣同士に座らせてもらった。スポンジケーキのフィニッシングをランチルームでさせてもらい、毛利と二人、クリームを塗りながら、二人の食べる様子を観察した。

望が「それに」とケータイ画面を突きつけた。医療情報サイト、「異食症」のページだ。

「キリ、異食症なの? 氷とか、生米とか」

毛利と季里について尋ねたあのとき、情報を与えすぎてしまったと後悔した。

「……それは、中園さんに聞いた方がいいと思う」

佐々目の口から言うわけにはいかない。そう続けようとしたとき、望が佐々目の腕を放した。自分の胸辺りまである、吹き抜けのガラスの塀に飛びつき、器用に足を回して腰掛ける。天井の高い、空間を贅沢に取った造りだけに、一階の床までは十数メートルある。

「教えて」

白い上履きとグレーのハイソックスを履いた足が、佐々目を急かすように揺れる。階下、正面玄関から、数人の女子が声を上げるのが聞こえた。

「キリ、前は、何でも話してくれてたの」

佐々目を脅すように、望の足が揺れ続ける。「止めて」と、一歩踏み出した。望が大きく足を振り上げ、体がすくんだ。ふふ、と愉快そうに笑った顔が、すぐに陰る。

「辛いこととか、文句とか……、泣いたり、怒ったり……。前は、人間だった。でも、私が白蘭に出戻ったら、神になってた」

ささやくような声が付け加える。足も、止まっている。

「私は、人間なのに」

拗《す》ねるように引き結んだ唇が、涙をこらえているようにも見える。

「言えなかったんじゃない？」

息を吸い込み、気持ちを落ち着けてから口を開いた。なぜ、と言いたげに向けた、望の視線を受け止めて続ける。

「気づかなかった？　給食のときの、中園さんの食べ方」

二日とも、望は給食を食べるのも忘れて、季里にずっとぼそぼそと話しかけていた。イタコチワワによると、生徒給食に関する愚痴《ぐち》だという。聞かされる季里は、ビーフシチューや焼き魚をずっとつついているだけで、二日とも、ほとんど食べなかった。

「一生懸命、君の話を聞いてた。食べるのも忘れて。君のことが心配で、お腹が空いてるのも忘れたんだと思う、きっと」

そのことを季里に確かめるために、三階に来たのだ。

「君のことを心配して、だから、不安にさせるようなことが、どんどん言えなくなっていったんじゃない？」

何かにつけて騒ぎを起こし、吹き抜けの手すりに座ったりするような親友に、誰が自分の不安を訴えられるだろう。「想像だけど」と前置きして、望に告げた。

「中園さんも、君に話したいこと、いっぱい、いっぱいあったんじゃないかな」

心を殺す辛さはよく知っている。わずか十五歳で、親友のために そんな痛みを引き受ける

「神」が痛ましい。望も理解したのだろう。足はもう、ぴくりとも動かない。

「口は、食べるためと話すためにある、っていう。話せない代わりに、何かを食べるってことなら、あると思うよ」

手すりに腰掛けた、望の上半身が跳ね上がった。声を上げかけたそのとき、とん、と音を立て、望は廊下に降り立った。

「……私が、ちゃんとしたら」

地に足をつけた望が、佐々目を見上げる。

「また、キリは話してくれるようになるかな？」


それで、と、毛利が、かじっていた栄養バーから口を離す。

翌日の朝、出勤してきた毛利に休憩室で、季里、そして望との顚末《てんまつ》を、着替えながら報告する。相変わらず、ドリンクだのバーだの、栄養と名のついた食品を毛利は欠かさない。

「佐々目さんは、何て答えたんですか？」

「……大丈夫、って」

なるよ、とは言えなかった。季里の異食症については、まだ、ほんの一端を知ったばかりだ。それでも、望を励ましたくて笑顔を作った。たぶん察してくれたのだろう、毛利が「なるほど」と栄養バーをまたかじる。「あと」と付け加えた。

「素敵な生徒給食を作ったりしたら、カッコよくない？　って」

望も承知してくれた。自分は頼れる、と、何か季里に見せられるものが欲しかったのだろう。「結構なことです」と子犬顔が目を見張る。

「でも、勝つのはチーム『栄養』です」

「大丈夫です。『ゴージャス』が絶対、勝ちますので」

子犬顔と、その背後の『栄養』に向けて、心の中で宣言した。

——お前ら、口開けて待ってろ。

5

「……なんか、無理かも？」

自習室の机に肘をついた望が、落書きをしていたノートから、目だけを上げる。佐々目は「早っ」とつい口に出してしまった。

生徒給食を頑張ると決めたのは、昨日のことだ。杏花たち「ゴージャス」のメンバーが、相変わらず言い訳をしてサボるのも気にせず、まずはアイデアを出す、と張り切っていた。仕事を終えてから、どうなっているかと様子を見に来たら、「サツマイモ」と、書き込んだ文字が、ぐるぐると何重もの線で囲まれている。一応、悩んではみたらしい。

「どこから考えていいのか分かんない」

望が佐々目を見上げる。給食室でアイデアの打ち合わせをしたときと同じ目つきだ。サツマイモを細切りにして素揚げにして飴細工で固めて、と、頭に浮かんだことを言いそうになり、危うくこらえた。

「生徒のみんなが食べたいものは、俺なんかより赤羽さんの方が、よーく知ってるでしょ？」

よーく、というところに、力を込めた。しゃん、と望の背筋が伸びる。

「そっか、みんなに聞いてみる」

やる気だけはあるようで、翌日の放課後、望は意気揚々と、自習室に現れた。

「甘辛。これが一番、いろんな子に好かれると思う」

なるほど、と唸ってみせた。甘辛い照り焼きソースは世界で愛されている。いい感じ、と褒めると、「でしょう！」と望が両の手を拳に握った。

——これか。

何から何までお膳立てするよりも、自分から手を伸ばすように仕向ける。だんだん、コツが分かってきた。

「甘辛って、どこで売ってるの？」

真顔で聞かれたときは愕然としたが、「そこはオリジナルで」と勧めてみた。「そっか」と自信なげながらも、望は図書室に向かう。そして間もなく、望の隠れた才能が花開いた。

「……うまい」

家で作ってきたの、と望が持ってきた、甘辛ダレを一口舐《な》め、もう一口舐めた。味は多少濃いが、甘さと辛さのバランスの良さは群を抜いている。「ほんと!?」と望が飛び跳ねるようにして喜ぶ。

「パパがね、味と美術品と土地の価値が分かる女性になりなさい、って」

聞くと、教育のためにと、両親においしいものを食べさせられて育ったという。君の家に生まれたかったよ、と、羨ましく甘辛ダレを見た。

「……なんか、無理かも」

自習室で無地のノートにイメージ図を描いていた望がぱたりと色鉛筆を置く。佐々目ももはや慣れっこで「何が？」と軽く聞くと、「地味」と不満げに呟く。

この二日で、ノートが倍くらいに膨れ上がって見える。アイデアが出ず、悩んでページの端をよじったり、折り曲げたりし続けているからだ。頑張って、と告げて休憩室に戻り、ドアを閉めるとため息が出た。

「どうしたんですか？」

ノートパソコンで何やら打ち込んでいた毛利が、顔を上げる。「栄養」は毛利のリードでそこそこ順調のようだ。やけくそで事情を話した。

「ヒント、出したいですよ。フードカラーを考えて、って」

赤や青、黄、白、黒。五色のフードカラーを上手くあしらえば、メニューが格段に華やかになる。

「でも、それを俺が言っちゃったら、達成感がなくなっちゃう気がして」

時間があればいくらでも待つが、メニュー提案のタイムリミットは、あと一日しかない。どうしたものかと迷っていると、毛利が立ち上がった。

「自習室ですね？」

毛利が壁につけられた内線電話の受話器を取った。「何するんですか」、と止めようとした佐々目に、必殺のローキックが飛ぶ。痛《いて》え、とよろめいた佐々目をよそに、毛利が受話器の相手へと語りかける。

「ああ、小畑です。そちら、自習室ですよね？」

小畑校長がいるのかと、本気で休憩室を見回した。毛利が、校長の物真似で内線電話を掛けている。物真似は毛利の特技の一つだ。息のつき方までそっくりな偽校長が、受話器に向かって語りかける。

「あー、そちらに、『五色の彩り』、ええ、『五色の彩り』、という本を置き忘れてませんか？　ご・し・き・の・い・ろ・ど・り」

五色の彩り、という言葉を、偽校長が力強く繰り返す。

「そう、表紙に、赤や緑や黄色を使った。ああ、はい、ない。どうも、ありがとう」

受話器を置いた偽校長が、佐々目を振り返る。

「あとは、彼女が気づくことを祈ってください」

「……いいんですか？　こっちのチームのために」

半信半疑で見つめると、子犬顔が肩をすくめて笑ってみせる。

「互角の相手と戦ってこそ、勝利が輝くというものです」

心なしか、子犬顔が凛々しく見える。「ありがとうございます」と頭を下げた。黒チワワなどと呼んで悪かった、と、心の中でそっと謝ってから、休憩室を飛び出した。

「ささめ、いいこと思いついた」

自習室に駆けつけると、訪れた季里にノートを見せていた望が声を上げた。

「野菜って、色があるでしょ？　五色とか？　それを使ったら、カッコよくなるって」

「緑、赤、あと……黄色？」

季里が色鉛筆を、ケースから選び出してやっている。ありがとう、と、もう一度毛利に、心の中で感謝した。そして、もう一人にも。

「ありがとうございました」

ディナーの厨房に入るために戻ったホテルで、廊下で出くわした窪に、そう頭を下げた。

――馬鹿か、お前。

クライアントである学校側に変わってほしい。そう口にして一喝された意味が、今はよく分かる。

客を変えることなどできない。選ぶのは、評価するのは客だ。けれど、自分を変えることはできる。自分を変えることだけが、周りを変える唯一の可能性なのだ。

顔を上げると、ブルドッグのような顔が、愉快そうに佐々目を見上げている。

「だったらホテル給食を救って、さっさと戻ってきな」

ちょっとあれ、と柳井につつかれ、ガラスの向こうの廊下を見た。

望が手を振り、折りたたんだ紙を広げる。「よろしくお願いします」と書かれている。給食室にいる柳井と佐々目、七波、毛利に頭を下げると、くるりと背を向けて駆け去っていく。十分間の短い休み時間の間に、三階まで戻るためだろう。「必死だなあ」と笑う七波の目には、もう先日の怒りは残っていない。

「ああ言ってくれると嬉しいよね」

柳井も目を細めている。

いよいよ生徒給食の日を迎え、調理も佳境を迎えている。今日のメインは秋鮭のグリル・トリュフバター添え、デザートは桃のソルベ。そして、管理栄養士と七波のチェックを通った生徒給食メニューは、佐々目チームが副菜、毛利チームがサラダ。ランチルームで給食を食べるのは三年生だ。

十二時十分、ヴィヴァルディの「四季　秋」をBGMに、いよいよお披露目の瞬間がやってきた。

毛利と並び、それぞれメタルカバーを掛けたトレイを教壇に運ぶ。まずは、毛利がカバーを取った。トレイに置かれたサラダ皿を見た生徒たちが、呆れたように顔を見合わせる。素っ気ないサラダだ。レタスと海藻、そしてトッピングはナッツだ。ところが、毛利がメニューの名前を告げた瞬間、生徒たちの目の色が変わった。

「美容サラダです」

生徒たちが歓声を上げ、伸び上がったり近づいたりして、サラダ皿に目をこらす。毛利がにこやかに説明する。

「レタスのビタミンCは美肌、海藻のミネラルはむくみ取り、ナッツのビタミンEは目をきれいにし、髪や肌にツヤを与えます。栄養は体をよくするもの、このサラダを食べると、きれいになります！」

興奮したように、生徒たちがささやき合っている。どうだ、と子犬顔が佐々目に向く。負けねえ、と、毛利に続いてカバーを取った。

「スイートポテトのグリル、甘辛ソース添えです」

こちらは最初から歓声で迎えられた。皿の上に、皮ごと細切りにして赤い色を残し、オーブンでローストしたサツマイモをバランスよく置き、望の配合を参考にした甘辛ソースを美しく垂らし、さらに、黒ごま、レモンスライス、ベビーリーフをあしらった。見た目もいいし、味も試食した限りでは、かなりの出来だ。

「このメニューは、一組の赤羽望さんが考えたものです」

うわあ、と風のささやきが起こり、少女たちが望に向く。一番大きな声を上げたのは、結局何もしなかった、杏花や知佐、仁絵、美羽だ。皿に見とれたり、何事かささやき合ったりしている四つの顔に、羨ましそうな表情が浮かぶのが見て取れた。

「望、すごいね」

季里が嬉しそうに、望の腕を摑む。へへ、と望が照れてみせる。思い出して後方を振り返ると、監督に訪れた入江が、じっと季里と望の様子を見守っていた。

ちょうど降りてきた望が、「ささめ！」と駆け寄ってくる。

「評判よかった！　みんな、おいしいって！」

飛び跳ねながら叫んだ望が、「ありがとうございました！」と通りかかった小畑校長に一礼し、本館へと去っていく。怪訝な顔で見送る小畑校長に、「給食がおいしかった、ってことです」と売り込んでから、三階に向かった。

昼食を早々に切り上げ、ワゴン回収のために階段に向かった。

給食当番の生徒たちと、食缶をランチルームから運び出し、ワゴンにのせてから、まずはスイートポテトの残菜が入った食缶のフタを開けた。覗くと、八割方食べてもらえている。

続いて、美容サラダの食缶を開けた。こちらも、スイートポテトと同じくらいの残菜だ。計量しなければ分からない。いつもの倍の勢いでワゴンを給食室に戻し、残菜の計量に入った。

電卓を叩く毛利の手元を、気づくと睨んでいた。数字を見て、「うん……」と唸った毛利が、待ち構える佐々目と、見守る柳井、七波に向いた。

「佐々目さんチームの勝ちです」

よし、と声を上げ、先日の望のように両の拳を握った。さすが俺、と自分を讃えた。舌の肥えたお嬢様の手柄ではあるが、導くことができたのが誇らしい。「やっぱり見た目も大切か」と、柳井がほっとしたように佐々目の肩を叩く。七波は「サラダおいしかったのに」と、毛利より残念そうな声を出す。

「栄養は大切です。でも、見た目もちゃんと、充実させていくってことで」

残菜を見つめている毛利に、いたわりを込めて声を掛けた。望がヒントを得る手助けをしてくれたのは毛利なのだ。「いいえ」と子犬顔が佐々目に向いた。

「佐々目さんが作ったこのメニューも、栄養メニューです」

「……どういうことですか？」

聞き返すと、子犬顔が得意げに柳井と七波に向く。

「赤、黄、青、白、黒。食の五色は、古代中国から伝わる漢方食のバランス。そして今、栄養学的にも大変注目されている五色なのです」

五本の指を天高く掲げた毛利が、七波に向く。

「給食だよりに書く生徒給食の記事にも、そう明記してください。生徒たちは、栄養の大切さを改めて実感するでしょう」

七波が、「さすが」と毛利の腕を指でつつく。

「最初から、そういうつもりで手伝ってくれたんですか……？」

衛生帽をかぶった頭を引っ摑もうとすると、するりと黒チワワが逃げた。

「もちろんです。だから、赤羽望に佐々目さんからのヒントを伝えるときに、『フードカラー』という言葉を、さりげなく『五色』に変えたのです」

にんまりと笑う黒チワワが、すかすように佐々目を見る。「やるねえ」と、柳井が笑い出した。卑怯《ひきよう》だろ、と言いかけた佐々目を、毛利がすかさず封じる。

「僕の正義は、給食です」

――まあ、みんな喜んだし。

校長室のデスクについた小畑校長が、小さくうなずくのが見えた。嬉しくなって隣に目をやると、並んで立つ柳井がこちらに、大きく口角を上げてみせる。

生徒給食を終えた午後遅く、小畑校長が見ているのは、第一回生徒給食の報告書だ。デスクの傍には、シスター入江が静かに控え、小畑校長を見守っている。

「大変、結構です」

小畑校長が顔を上げ、柳井、佐々目と見渡す。

「生徒給食というイベントで成果を上げていただき、給食室の皆様には感謝しております。私ども、厳しいことばかり申し上げておりますが、ホテル給食への熱心な取り組みにも、大変感銘を受けております」

そこで、と、小畑校長が斜め前をちらりと仰ぐ。視線を受けて、聖女が励ますように口元をほころばせる。前に、演出禁止を言い渡されたときと同じだ。今回も、入江の意を受けてのことだろう。

「来週の食育授業のあと、生徒による投票を行います」

小畑校長が、卓上カレンダーをくるりと回し、佐々目たちに向けてみせる。

「今の給食が食べたいという票が三分の二、集まったら、中学校の総意として、理事長に今のホテル給食を続けるよう頼みます。いかがでしょう」

「全力で、臨ませていただきます」

興奮したのか、応える柳井の声がいつもより大きい。落ち着いて、というように、静かな声が続く。

「白蘭女子学院中学校の生徒たちが、求める給食を、ぜひ」

入江が小畑校長と同じように、柳井、そして佐々目と見渡して微笑む。

「このチャンスに」

ありがとうございます、と、応える柳井と一緒に頭を下げた。広い校長室をあとにしながら、廊下に出るまで待ちきれず、柳井と笑みを交わした。

「絶対勝ちましょう」

ドアを閉めるのもそこそこに言うと、「ああ」と、力強く柳井がうなずいた。かたん、と、遠くから小さく音がして振り返ると、白衣の毛利が給食室から出てきて、佐々目たちに向かって会釈をしてみせた。「毛利さん」と、駆け出そうとした腕を、ぐっと柳井に押さえられた。小声の早口が続く。

「毛利先生には言わないで」

柳井の顔から笑みが消えている。佐々目の腕を摑んだ手の力が強まる。

「何としてでも、生徒の票を取らないと。だから、これから作る給食は、毛利先生の目指す方向とは違ってくるかもしれない」

足音が、こちらに近づいてくる。頭の中に蘇る、静かな声と混じり合う。

――このチャンスに。

聖女が佐々目たちに与えた最大のチャンスは、思わぬものをもたらそうとしている。共に努力を重ねてきた、毛利への裏切りを。

「どうしました？」

階段の手前、三メートルほど先で、毛利が足を止め、首をかしげるようにして、佇む佐々目たちを見ている。「いえ」と、柳井の手が、佐々目の腕から離れる。

「いろいろ厳しいな、って話をしてたんです」

ねえ、と、柳井が佐々目を見上げ、同意を促す。

ちらりと毛利に向くと、首を少し突き出すようにして、佐々目の答えを待っている。いたたまれず目を伏せ、曖昧にうなずいてみせることしかできない。

4章　テーブル

1

しん、と静まり返った廊下を、誰もいないのに足音をひそめて歩く。

月曜日の朝七時過ぎ、登校する生徒の姿もまだ見えない。休憩室のドアを開けて滑り込み、中を見回して、佐々目はほっと息をついた。今日は毛利が来る日だ。先に来ていませんように、と、ずっと祈っていた。

着替えはあとにして椅子に座り、ステンレスマグに入れたコーヒーを出してテーブルに置いた。端に積み重ねてある、女子中学生雑誌『リコラ』を一冊、そっと手に取る。七波が読みたがるので、毛利が置きっ放しにしているものだ。

毛利が来るまでに、と、急いでページをめくる。アマランサスの粒ほど細かい文字も、目を細めて必死で読む。カラフルな写真の洪水に、どう読んでいったらいいのか目が迷い、なかなか先に進まない。

どうして女子中学生はこんなに菓子が好きなのだろう。意外にも、渋い抹茶味の人気が高いようだ。ポーチドエッグのレシピに目が吸い寄せられ、今度の休みに作ると決めた。三十路の男にはレアすぎる世界だ。絶えず湧き上がる雑念と戦いながら、カラフルなページをめくり続ける。

「何をしているのですか」

鋭い声に飛び上がり、バランスを崩してテーブルを摑んだ。恐る恐る振り返ると、四台並んだ細長いロッカーの向こうから、白衣の子犬顔が睨んでいる。

「どこから入ったんですか⁉」

「ずっと、ここにいましたが」

そんなはずはない。あれだけ神経を尖らせていたのに、人がいる気配など、まるで感じなかった。そう言うと毛利が、ふん、と、得意気に鼻で笑った。

「僕は気配が消せるのです」

毛利に言われて背を向けると、すっと背後の気配が消えた。嘘だろ、と立ち上がって室内を見回すと、ロッカーの向こうの壁に、白衣の背中が張りついている。「どうやって？」と、壁から引き剝がして尋ねた。子どものころ、友達とかくれんぼをして遊んだときのことを思い出す。どんなに息をひそめても、気配は隠しきれず見つかってしまったものだ。

「呼吸法を学んだのです」

お前は忍者か、と、誇らしげな子犬顔を見た。読唇術や腹話術と同じように、給食のために学んだのだろう。どんなシチュエーションで使うんだ、と、佐々目が聞くより先に、忍者チワワが佐々目を再び睨んだ。

「なぜ佐々目さんは、こっそりと『リコラ』を読んでいるのですか？　僕の前では、いつも興味なさそうにしているのに。わざわざ早朝に出勤して、こっそりと」

佐々目が読んでいた一冊を、近寄ってきた毛利がつまみ上げる。「冬でもミニスカ美脚！」と脚を露にした、女子中学生の写真が目の前をちらつく。

「……人を、変態みたいに言わないでくださいよ」

とりあえず毛利を睨み返し、さらに、コーヒーを飲んで時間を稼いだ。ステンレスマグで顔を隠しながら視線だけを上げると、毛利が佐々目の顔を覗き込んだ。

「佐々目さん、僕に、隠し事をしていませんか？」

子犬顔の黒目が、ブラックホールのように佐々目を吸い込もうとする。「してません！」と早口で即答してしまい、マズい、とまたコーヒーで時間を稼いだ。

「……研究です。先週末、決まったでしょう？　ホテル給食を続けるかどうか、生徒が投票する、って」

毛利に話したのは、そこまでだ。そのあとは、つとめて顔を合わさないようにし、そそくさと学校をあとにした。目ざとい毛利のことだ、きっと佐々目の態度で何かがある、と察したに違いない。

――毛利さんには言わないで。

柳井の声が、頭の中で再生される。

ステンレスマグのフタ越しに、子犬顔をちらりと窺った。毛利を裏切って生き延びるか、それとも、正々堂々と勝負するか。ホテル給食が今、佐々目と毛利を引き裂きにかかっている。


――幸せそうに食べてるな……。

食缶のフタを閉め、教室を見渡して肩を落とした。

二年三組の生徒が、十人ずつ二列に並べた机を食卓に、ひそひそとささやき合いながら昼食の最中だ。教壇の横にしつらえた配膳台から、スープボウルを並べたトレイを手に、生徒たちの席へと踏み出した。

今日の白蘭女子学院中学校は「自由食デー」だ。給食室からは野菜スープと牛乳のみを提供し、ランチは各自が持参する。食卓の上に、思い思いの昼食が広げられている。

ざっと見回すと、二十人中、半数以上がカラフルなプラスティックの容器に詰めた、手作り弁当を持参している。「どうぞ」とスープボウルを配りながら、さりげなく中身をチェックする。意外にも、白飯に卵焼き、唐揚げや鮭の切り身、ブロッコリーなど、お嬢様にしては、ごくスタンダードな弁当が多い。

パンやサンドイッチは、登校時に買ったらしき、店の袋に入ったものが多い。カニとキャビアのオープンサンド。ローストビーフとアボカドのロールサンド。頭の中のレシピ帳にメモが次々と溜まっていく。幕の内弁当、中華弁当など、市販の弁当も三つほど見かけた。

何見てるのよ、と言いたげな視線を感じ始めて、「失礼します」と教室をあとにした。階段に向かいながら、二組、一組、と、ドアに開いた小窓から、中をそっと覗く。三組と一緒で、こちらも楽しげな空気が伝わってくる。いつもより、少し大きめの話し声。仲間に向ける笑顔。

「自由食に戻してほしい、っていう生徒が多いのも納得です」

階段の向こう、一年生の教室サイドから歩いてきた毛利に佐々目は告げた。

佐々目と毛利が白蘭中に来る前、学校側が取ったアンケートでは、八割の生徒が「自由食に戻してほしい」と答えたという。ホテル給食のライバルである自由食を、実際にこの目で見てみたいと学校側に頼み、実現したのが、今日の「自由食デー」だ。

「食べるスタイルのせいじゃないでしょうか」

隣に並んだ毛利が「意外と質素な弁当が多いし」と佐々目を見上げる。

「あと二週間のうちに、何とか成果を上げたいです」

子犬顔の口元が、ぐっと引き締まる。

八週間にわたる毛利の研修は、もう終わり近くまで来ている。最後の食育授業に向けて、目下、毛利は知恵を絞っているところだ。小学校四校の食育指導もあるのに、合間を縫って毎日のように白蘭中に来ては、家庭科の授業に顔を出したり、小学校や高校の食育指導を見学したりと、精力的に動いている。

「毛利先生の最後の食育授業では、残菜率、二割を切りたいですね」

にこやかに応えた柳井の目は、ランチを食べる生徒たちと、持参の小さいノートをせわしなく行ったり来たりしている。手は細かい字でびっしりと文字を連ねていく。

生徒たちの様子を見に、毛利が二年一組の教室に入る。柳井が佐々目に向き、ノートの前の方のページを開いてみせた。

「生徒に人気のメニュー、まとめてみた」

ミートローフ、スパニッシュオムレツ、ロールケーキ、等々、四月からの残菜率が低かったメニューが、一覧表になっている。

「これ、この週末で？」

学校側から、投票のことを告げられたのは先週末のことだ。それから今日まで、土日の二日間しか挟んでいない。休日、そして家族もいるのに、柳井は二日でデータをまとめたのだ。

「ラストチャンスだから」と、柳井が二年二組の教室に移る毛利に、ちらりと目をやる。

「そしてワンチャンス。だから、カロリーやバランスは後回しにしてでも、生徒に喜ばれるメニューにするから」

当日のメニューはすでに決まっている。大きくは変えられなくても、調理法や盛り付けで工夫の余地は十分にある。

「毛利先生が許さないですよ」

熱心に取り組んできた栄養教諭研修の総まとめとなる、最後の食育授業だ。生徒受けするように、などと、毛利が妥協するはずがない。柳井が「大丈夫」と佐々目の肩を叩く。

「調理をするのは、俺らなんだから」

そんな、と、上げかけた声を、かろうじて飲み込んだ。

柳井が言っているのは、強行突破という意味だ。食育授業の当日、毛利は準備で調理には立ち会えない。その間に、好きに調理してしまおうということだ。柳井が佐々目にノートを押し付ける。

「毛利先生は、俺らとは立場が違うでしょう？」

ノートを押し返そうとした手が止まった。

——帰る場所がある。

毛利にはすでに居場所がある。S区初の栄養教諭として新聞に取り上げられ、総料理長の窪に、ホテル給食を救ってほしいと頼み込まれるほどの立ち位置が。

対して佐々目は、このままではホテルの厨房には戻れない。不安は募る一方だ。このまま白蘭中の給食室にいてほしい、と柳井には言われている。ホテル側がどう思っているのかも、さっぱり分からない。メインダイニングの料理長・寺地や、ホテルの宴会部長にさりげなく尋ねても、言葉を濁されるだけだ。

ホテルの社員である以上、異動と言われれば移るしかない。あるいは、メインダイニングの仕事を諦め、ホテルを辞めるかだ。

「どうしました？」

うおっ、と声を上げて飛び退いた。いつのまにか、佐々目のすぐ横に迫っていた忍者チワワの黒目が、じっと佐々目を見上げている。また、気配を消して忍び寄ったのだ。

「スタイルのせいだと、毛利先生の言う通り、たぶん、そうだと思うんです」

上ずった声、まとまりのない喋り方を、柳井に「何？」と笑われた。ごまかすために言葉を並べ立てたからだ。

「同じ箸使いでも、弁当箱は食べやすい。親の気遣いもあるでしょう。パンやサンドイッチは手摑み。強化磁器の皿と違って音もしない」

毛利の指摘に、柳井が「食べやすいですよね」とうなずく。大人で、調理師の柳井でさえ、ナイフとフォークは肩がこるとマイ箸持参だ。中学生なら、なおさらだろう。自由食には歯が立たない。

――神よ、救いたまえ。

心の中で祈りながら、三階へと階段を駆け上がった。

廊下からランチルームを覗くと、今日は三年生の生徒たちが、いつものように八つの食卓に分かれて自由食を食べている。お互いの持参した弁当やパンを見ながらのささやき声は、いつもよりずっと大きい。沼間先生や井住先生、担任の先生たちも、それぞれ持参のランチを広げている。生徒たちとの会話も弾んでいるようだ。

「静かに」

生徒たちを見守るシスター入江が制する。生徒だけでなく先生も、びくりと身を硬くし、話し声のボリュームが下がる。

――いた。

入江が向かう先で、ごく軽く、ウェーブがついた髪が揺れる。思い切って後部ドアからランチルームに入った。「ごきげんよう」と生徒たちに声を掛け、用でもあるように、ゆっくり、ゆっくりと教壇に向かいながら、さりげなく季里を見た。

ぼんやりと季里は、同級生の話に相槌を打ちながら、細い親指の先を歯に押し付けるようにしてかじっている。そっと入江が手を伸ばして押さえた。はっと気づいたように、季里が照れ笑いを入江に向ける。

竹製らしい季里の箸は、トレイの上に置かれたままだ。中学生の持ち物にしてはシックな、曲げわっぱに入った手作り弁当も、給食室が出した野菜スープも、ほとんど手がつけられていない。

「ごきげんよう」

佐々目に笑顔を向けた季里が、白いテープが巻かれた指を、またそっとかじる。本当は何を欲しているのかが見て取れる。隣の食卓から、チェリーレッドのプラスティックの箸を手にした望が、伸び上がるようにして季里に声を掛ける。

「季里さん、召し上がらないの？」

先生の前なので丁寧な望に、「充分でございます」と、季里がおどけるように首をかしげる。そしてまた、同級生に向き直って聞き役に戻る。

給食室の陰で、人目を忍んで生米を貪っていた季里を思い出す。その胃を満たしているのは、たぶん異食、生米なのだ。

「まだ、カウンセリングを始めたばかりですから」

諦めてランチルームを出ようとしたとき、静かな声がした。足を止め、振り返ると聖女が、穏やかな笑みで佐々目を見ている。スクールカウンセラーによる季里へのカウンセリングを始めた、という入江の言葉少ない説明を聞きながら、親指をかじっている季里へと向いた。

生米を食べたがる少女を、給食のキャンペーンガールなどにできない。毛利に続いてまた一人、佐々目の味方が遠ざかる。佐々目の窮地を知ってか知らずか、入江が佐々目をじっと見る。

「お忙しいのに、研究熱心ですこと」

「……最後のチャンスですから」

「空しいこと」

佐々目を見上げた聖女が「と、なりませんよう」と口元をほころばせる。

「何かを育むなら、揺るぎない基盤が必要です」

分かってます、と入江に会釈をして、出口へと向かった。「静かに」と、背後でまた入江が生徒たちに呼びかける。

——あれ？

足を止めて振り返り、閉めたドアの小窓から、改めて中を見た。

生徒たちの大半が食事を終え、話に熱中している。教壇の上の時計を見た。三十分ある昼食の時間は、まだ十分以上残っている。

マナー教室や食育授業で、何度か生徒のランチタイムを目にした。時間ぎりぎりまで食べている生徒が多かった。食べやすいせいか、と、そのときと今を頭の中で比べたとき、探していたヒントがひらめいた。

2

「食感、ですか？」

毛利が持参の栄養バーをかじるのを止め、怪訝そうに聞き返す。

休憩室に戻り、待っていてくれた七波も交えて昼食を取りながら、給食室のメンバーに切り出した。

「女子中学生の好きな食べものって、柔らかくて食べやすいものばっかりでしょう？」

『リコラ』を開いてページを示した。クッキー、ケーキ、アイスクリーム。するりと柔らかく、のどごしのよいものばかりだ。

「スルメや裂きイカも食べますよ」

毛利が別のページをめくって示す。少女モデルが、「私のお気に入り」を紹介するコーナーで、満面の笑みでスルメをかじっている。「これはダイエット用」と、ページを戻した。「若竹小の子どもたちだってそうでしょう。繊維質が多くて、よく嚙まないといけない根菜なんかは、人気がなかったじゃないですか」

思い出すように、毛利が雑誌から宙へと視線を移す。食べていたパンを置き、メニューを書いた紙を、その前に突きつけた。

「毛利先生の最後の食育授業、暫定メニューは、フィレステーキと金目鯛のポワレ、サラダ、ですよね？　これを食べやすく、柔らかくするんです」

毛利の栄養指導の邪魔にならず、かつ、残菜率を下げる方法だ。食べやすければ勢いで、いつもより食べてくれるかもしれない。

「牛肉は時間が許せば柔らかく煮込みましょう。鯛は裏ごししてテリーヌ。牛肉に添える根菜はマッシュにして、サラダは細かく刻んでコールスロー。これなら、食べやすくて食が進みますよ」

さすが俺、と口元が緩む。歯が立たない、という自分の言葉から思いついた。味と演出、人気で勝負する以外の、第三の方法を見つけたのだ。「いいねえ」と柳井が愛妻弁当の箸を置く。

「その手があったか。マナー教室のときも、食べやすくして喜ばれたもんなあ」

よし、と意気込んでメニューの紙を見る柳井に、毛利が「いけません」と向き直る。

「噛むことで、おいしさがアップするのです。歯ぐきの神経が、おいしさを脳に訴えかけるのです」

「そうですよ」と七波が手作り弁当を食べる手を止め、毛利に加勢する。迫りくる毛利との別れを惜しみ、今日も毛利に手製の唐揚げを食べさせて、女子力をアピールしている。

「食育授業、白やワンピースも見るんでしょう？　白蘭小学校や高校の家庭科の先生も。栄養教諭の毛利先生が、噛まないでいいメニューなんて出せませんよ」

「学院長や理事長も見に来るよ。生徒たちが食べないのを見たらどう思う？」

柳井の反論に「ですよね」と加勢したとき、毛利がすっと立ち上がった。「佐々目さん」と呼ばれ、廊下に連れ出された。

「佐々目さん、やっぱり、何かあるんですか？」

毛利の声が、佐々目の心に冷水を浴びせた。「別に何も」とごまかしたが、黒目がちの瞳は、佐々目を黙って見据えている。仕方なく、「結果を出さないと」と付け加えた。

「入江先生に言われました。何かを育むなら、揺るぎない基盤が必要だって」

そう言うと、ふん、と毛利が鼻を鳴らした。

「だからって、戦う前に逃げるような真似はしません」

「負けるのが分かって進むって、意固地になってませんか？」

つい、言い返してしまった。

毛利の情熱は誰よりも分かっている。だからこそ、毛利を裏切るような真似はしたくない。そう思ったからこそ、佐々目は佐々目なりに考えたのだ。なのに毛利は、佐々目が手にしたメニューを、取り上げて丸めた。

「……僕は、戦って勝ちます。この白蘭女子学院中学校に、研修に来ると決めたときに、自分に誓いました」

睨む佐々目を毛利がまともに見つめ返す。

自分の育ちにコンプレックスを持ち、栄養教諭として至らないのではないか、と恐れていた毛利。お嬢様学校で勤まるのだろうか、と、不安がっていた姿を思い出した。

「だから最後は、直球で挑みます。佐々目さんが何を企んでるのか知りませんが、絶対、僕は負けません」

毛利が佐々目を見据えた。

3

——どうしたらいいんだろう？

アイデアを仕入れに図書室にでも行ってみよう、と、仕事終わりに本館へ向かう途中、正面玄関で足を止めた。

ミーティングコーナーのベンチに座った季里が、隣に座る望の髪をいくつかに分け、三つ編みにしている。「ごきげんよう」と声を掛けた季里が、自分の長い髪を顎で示す。

「こんな風にするの」

「それって、自然に、じゃないの？」

天然のウェーブだと思っていた。そう言うと、季里が「本当はまっすぐ」とまた、髪を顎で示した。

「二年生のときに、お姉さまに、こんな風にしてもらって。これなら、校則に引っかからないわよ、って」

確かに、季里の背中を流れるゆるいウェーブは、ごく自然だ。

「みんなが似合う、似合うって言うから、それから学校に行くときは、毎日、髪を編んで寝てるの」

望の髪を編み終えた季里の手が、無意識にまた口元に行く。「ダメ」とドレッドヘアーにされた望が、季里の手を押さえる。

「編み物でもしようか。手が暇だとダメ」

望の心配に、「そうだね」と季里が笑う。「キリちゃん」「お姉さま」と通りすがりに呼びかける生徒たちにも、笑顔で応えている。

「何かさ、食べてみたいものある？　給食で」

尋ねると、季里は「うーん」と顎を引いて、真面目に考え込んでいる。

「ささめ、普通の給食って、どんなの？」

質問に質問で返した季里が「食べたことないから」と付け加える。若竹小で出していたメニューで、白蘭中では出ないメニューを選りすぐって答える。

「ピザとか、ハンバーガーとか、牛丼とか」

「そういうのが食べたい」

季里が、彼方を見て、すっと立ち上がった。

お母様、と呼びかけた視線を追うと、白蘭の制服より一段濃いグレーの、ひざ下丈のスカートスーツを着て、ストールを手にした、四十代前半の女が立っている。きれいに染まった栗色の髪、石の大きいリング。一分の隙もない、金の掛かった身なりだ。

「母です。先生と話しに来たの」

母親に駆け寄った季里が、佐々目に向けて声を張り上げる。誰なのあの人、と問いかけられたのか、季里が「給食のお兄さま」と佐々目を手で示す。頭を下げると、上品に黙礼を返された。母親の車で一緒に帰ろう、と誘われた望が、「ごめん」と小さく手を合わせる。

「給食のお兄さまに、伺いたいことがあるから」

そうなんだ、と季里が、母親と去っていく。「何、話って」と尋ねると、「ない」と、望はあっさりと首を振った。

「季里のママ、苦手なの。だから一緒に帰りたくなかっただけ」

時間を潰さないと、と、望がベンチで腕時計を見る。

「中園さんのお母さん、苦手なの？」

慎重に聞いてみた。季里の母親と、何か問題でもあるのかと思ったからだ。

「キリのママは、中園里美《さとみ》」

聞いたことのない名前だ。「誰？」と聞き返すと「知らないの？」と驚かれた。

「有名な、サロネーゼ」

ホテルで仕事をしながら、その言葉を耳にしたことはある。自宅をサロンにして、生徒に、インテリアや料理、もてなしなどを教える人のことを言う、と、望が本館に佐々目を連れていきながら教えてくれた。四階のパソコンルームで、端末を操作すると、「これ」と佐々目に見せる。

「季里の家」

――サロネーゼ、中園里美のサロン。

そう銘打たれたページには、家の中を写した画像が満載だ。猫脚のコンソールテーブル、飾られた花、グランドピアノ。リビング、キッチン、寝室、どれも金の掛かったしつらえで、完璧に片付けられている。インターネットで全世界に発信できる自信も納得だ。

さっき見た季里の母親が、慣れたカメラ目線で、あちこちに写っている。すご、と、思わず声を上げると、「でしょ」と望がパソコンデスクに肘をついて顎を乗せた。

「ウチには何も問題ありません、って、言ったんだって。季里のママ。最初に、季里のこと、学校から知らされたとき」

大人びた顔の口元が、への字を描いている。季里の母は娘の異変を頑として認めず、「思春期のちょっとしたいたずら」と受け流すだけだという。

「季里がね、ウチには、傷物は置けないから、って……」

悔しさと苛立ちが入り交じった顔で、大きな目に涙が滲む。

「異食症ってひどくなると、紙とか土とか食べるんでしょう？　なんか、どうしよう、どうしよう、って」

えーっ、と離れたところから声がして見ると、緑リボンの一年生が数人、佐々目たちを見ていて慌てた。違う、と佐々目が否定するより先に「何見てるの!?」とドレッドヘアーのお姉さまが怒鳴り、怯えた一年生たちが脱兎のごとく逃げていく。

「季里は『神』だから。いつも優しく、にこにこして、みんなの愚痴や悩みを聞いてあげてる。その上、あんな親と、毎日暮らして、季里、疲れたんだと思う」

ふわりとウェーブのかかった、季里の長い髪を思い出した。毎日、毎晩、わざわざ髪を編んで寝るように、季里はどれだけ自分を作っているのだろう。

その上、完璧主義の母親に応えて、心の傷を否定しているとしたら、あまりにも哀れすぎる。「だから」と、望が佐々目を見上げる。

「ささめ、季里のためにまた、楽しい給食を作って。生米なんて食べなくなるくらい、素敵な給食を作ってよ」

お願い、と、望が頭を下げる。心を決めた。

「みんなで頑張ってみよう」

休憩室へと引き返した。中を覗くと毛利はいない。もしかして、と、保健室に向かうと、子犬顔がソファーの端でうなだれていた。隣に座った沼間先生が、その顔を覗き込んで優しく話しかけている。

「ダメよ佐々目さん、毛利先生をあんまりいじめちゃ」

沼間先生がワンピースの裾をひるがえして立ち上がり、佐々目ににじり寄る。

「ねえ、毛利先生に隠し事をしてるの？　正直におっしゃい。シェフと栄養士の子と何か企んでるの？」

「毛利先生、ずっと悩んでるんですって」

今日も白い装いの井住先生が、ハーブティーを淹《い》れながら加勢する。一段と肩を落とした毛利が、横目でちらりと佐々目を見る。何が直球勝負だこのウマシカ、と怒鳴りたいのをこらえ、毛利に歩み寄った。

「ピザやハンバーガーや牛丼を、給食に出せませんかね？」

毛利が「どうしてですか？」と目を見張る。

「楽しい給食を食べたい、って、生徒に頼まれて」

——俺も。

白蘭に来たときの佐々目も、ずっと抑え続けてきた心が痺れてしまっていた。白蘭という異世界で、心を取り戻した。季里にもそんな、きらきらと輝く世界を、つかの間でも味わわせてやりたい。それに、季里が復活してくれれば、目論んでいたように「アイラブ給食」のキャンペーンガールになってもらえる。

沼間先生が「生徒って誰？」と佐々目を振り返る。考える間もなく「三年の赤羽さん」と正直に答えてしまい、しまったと口をつぐんだ。

「ああ、それ、中園季里のためね、異食症の」

沼間先生が声を上げ、井住先生が慌てて「沼間先生」と制する。「そうなんですか？」と毛利が佐々目を見上げる。沼間先生も井住先生も、季里の異食症は知っているという。正直に、望の願いを三人に話した。

「栄養的にはともかく、入江先生が許さないでしょう」

毛利の言うこともっともだ。給食は教材だと言い切る入江が、ハンバーガーやピザにかじりついたり、牛丼をかきこんだりすることを、許すとは思えない。

「だから、沼間先生たちにも相談して」

「私、食べたことないわ」

嘘だろ、と、花柄ワンピースに向いた。「ハンバーガーもピザも、牛丼も？」と、毛利が沼間先生の顔をまじまじと見つめる。

「ないわねー、一度も」

「私は、牛丼はないけど、ハンバーガーやピザは食べたことあるわよ」

井住先生が得意げに胸を張り、沼間先生が「まあすごい」と目を見張る。はしゃぐ二人を、すげえ人生、と見ていると、毛利が「佐々目さん」と、調理服の袖を引っ張った。

「これ、いけるんじゃないですか？」

望と話した翌日、校長室のテーブルに並んで座った、小畑校長とシスター入江の前に、持参した皿を置いたところだ。

「これは、何でしょうか？」

小畑校長が、目の前に置かれた皿を見て首をかしげる。

「ハンバーガーです」

有名ファストフード店のハンバーガーだ。円錐《えんすい》形のパラフィン紙に包んである。買ってきた毛利と、皿を置いた佐々目の真ん中に立つ望が切り出す。

「カジュアルマナーを学ぶ、給食を出したいんです」

小畑校長が、隣の入江をちらりと見る。泰然《たいぜん》と構えたままの入江は「行いたい」と望の言葉遣いを直してから、「具体的には？」と問いかける。

「こちら、とても食べるのが難しゅうございます。きれいに、上品に、食べる方法を、給食の時間にご教示いただきたいのです」

お嬢様の意地を見せたのか、望が馬鹿丁寧な話し方で切り返し、ハンバーガーを手に取る。

強めに押すと、中のソースが溢《あふ》れ出て、バンズからはみ出た野菜やパティが大きくズレた。食べたことがあるのかないのか、入江は黙ってそれを見ている。望が声を張り上げ、手の振りも加える。

「週末に、バースデー給食があります。一つ年齢を重ねる仲間とともに、新たな知識を身につけたいのです」

さあ来い、と言いたげに、望は身構えている。援護射撃に出た。

「人生は、フレンチや和食のコースだけじゃありません。人は生きていれば必ず、ピザやハンバーガー、タコスやカレーパンと遭遇するときが来ます」

リラックスして食べられるものを、合法的に出す方法。学びを得られるもの。そう考えて、ひねり出した案だ。望に聞くと、ファミリーレストランやファストフード店に行ったことのない生徒も珍しくないという。

「栄養学的には、いかがなものでしょう？」

入江が薄い笑みをたたえて、毛利に問いかける。

「カジュアルマナー指導、そしてカジュアルフードの食育指導としては、とても大事な授業になるかと思います」

子犬顔が胸を張る。

「栄養は、あらゆる形で、折を見て隙を見て摂取しなければなりません。そのときに、何を選ぶか、どうやって量を決めるか。その決断の一つ一つが、人の肉体をなしていくのです！」

毛利が握って振った拳につられたように、小畑校長がうなずく。

「変わった授業ですが、一理あると思います。白蘭生として、完璧なマナーを身につけることは、保護者の皆さんがもっとも望んでいることですから」

回りくどい回答をしながら、小畑校長が横目で入江を窺っている。「先生、いかがでしょう」と望が答えを迫る。

入江は長いまつ毛を伏せ、じっと考え込んでいる。

「検討します」

実施してよい、という回答が来たのは、翌日、柳井を通してだった。

「栄養についてはご検討願いたい、だって」

「ポテトフライやコーラは、代替品を考えないとですね」

柳井に続いて七波が応え、「よかったですね！」と毛利の腕を叩く。「これをきっかけに、給食にもっと親しんでもらえればいいね」と柳井も子犬顔も嬉しそうだ。

「ささめ、ありがとう」

配食の時間、三年生のフロアにワゴンを運んでいると、本館から戻ってきたところの季里が、仲間を置いて駆け寄ってきた。仲間たちも佐々目に「ありがとう」と一斉に手を振る。

「望から聞いた。明日、楽しみにしてる」

小さく手を振り、季里が仲間のもとに駆け戻っていく。

「楽しみにしててください」

聖女に声を掛けた。ランチルームに向かうために、階段を上がってきたシスター入江が、足を止めて佐々目たちを見ていたのだ。

「聖書にあります。戦うに時があり、和するに時がある、と」

佐々目に告げた入江が、しとやかに頭を下げる。

「どうぞ、よろしくお願いいたします」

入江が、ランチルームに向かって歩き出す。今回は妙に物分かりがいいな、と思ったが、頭に浮かぶメニューのアイデアで、気がかりはすぐに押し流された。

4

どういうことですか、と、給食室の電話に向かって佐々目が声を上げた。白衣に着替えて入ってきた毛利が後ろで立ちすくみ、耳をそばだてているのが分かる。

バースデー給食の朝、少し早めに出勤し、着替えて給食室に入ったところで外線が鳴った。走るトラックの中からだという、雑音混じりの携帯電話の向こう、柳井が声を上げる。

「カジュアル給食、中止。準備、昨日の打ち合わせと違ってくるから」

矢継ぎ早に伝えられる指示を、毛利にも聞こえるように、一つ一つ復唱する。

「どういうことなんですか？」

電話を受けたときと同じ問いを、トラックで到着した柳井と七波にぶつける。保温、保冷容器を運び込みながら、七波が「私たちも分からなくて」と首をかしげる。

「とにかく、いつものように作れ、って」

容器を台に置いた柳井が、ナイフとフォークの手真似をしてみせる。

カジュアルに作る予定だったメニューを、急遽、いつもの高級定食スタイルに仕上げていく。望と季里に伝えなければ、そう思っても、授業中の二人に伝える術がない。

――どういうことだよ⁉

十二時十分、何十回と繰り返したその問いを、また繰り返しながら三階に上がった。エレベーターから配食ワゴンを出し、ランチルームへと運ぶ。

中は、昨日、望たちがほどこした飾りで、賑やかに彩られている。チャイコフスキーの「花のワルツ」がお祝い気分を盛り上げる。給食当番の生徒たちが食缶を運び始め、覚悟を決めた。シルバーのトレイをワゴンから取り、「HAPPY　BIRTHDAY」と書かれたボードの前の教壇に置いた。

メタルカバーを開けることがなかなかできない。「早く」と望が促し、季里もにこにこと待っている。

「今日の給食です」

心を決めてカバーを取った。

ハンバーグとポテトのオーブンフライ、サラダ、野菜スープにバンズ、そして、フルーツケーキ。いつものナイフとスプーン、フォークもセットだ。

どうして、と望が小さく声を上げる。メインは野菜たっぷりのハンバーガーになるはずだったのだ。

「どうしてですか？」

ランチルームの後ろに現れた、グレーの聖女に問いかけた。シスター入江は動じることなく、佐々目の視線を受け止める。

「先生が……？」

佐々目の視線を追った望が尋ねる。季里は、望の腕を摑んで入江を見ている。入江が静かに口を開いた。

「カジュアル給食は中止にしました。白蘭では相応しくないという判断です」

「ここまで準備したんですよ？」

生徒がいるのも忘れ、入江にボードの飾りを示した。なんで、と、生徒の中からも小さく声がした。それでも入江は動じる様子はない。

「給食は教材です」

当番以外は席につきなさい、と、入江が生徒たちを見渡す。生徒たちが、仕方なく各自の席へと散っていく。

「あなたも」

入江が望を見た。望は、唇を嚙みしめて立ち尽くしている。季里は心配げに、望の腕を摑んだままだ。望が顔を上げ、入江に向いた。

「バースデーのお祝いは、そのままでよろしいですか」

胸の辺りが、激しく波打っている。「結構です」と入江が答える。望が、またうつむいた。そして、季里に向いて笑顔を作った。

「じゃあ、お祝いしよう」

望が、「座って」と、季里を席へと押す。入江の冷やかな視線が、佐々目に向く。自分がここにいることが、望の精一杯の努力を台無しにしているのだと気づいて、足早にランチルームの出口に向かった。

「どうして⁉」

甲高い声に、振り返って立ちすくんだ。

季里が、入江に摑みかかっている。生徒たちが、悲鳴を上げて後ずさる。「キリ！」と望が必死で引き離そうとする。前のドアから入ってきた毛利が「どうしたんですか⁉」と駆け寄ってくる。季里の勢いは止まらない。

「どうして、こんなひどいことをするんですか⁉　望や、他のみんなの気持ち、踏みにじるんですか⁉」

入江は、季里に握られた手首で、懸命に季里を押し返している。「止めろって」と、引き離そうと、季里の両肩に手を掛けようとしたとき「止めなさい！」と入江が一喝した。びくり、と動きを止めた季里、望と一緒に、手を宙に浮かせたまま固まった。

――あれ？

聖女の視線は、季里ではなく佐々目に向けられている。なんで俺、と怪訝に思ったそのとき、入江が季里に向き直り、握られた手首を静かにほどいた。

「それでは、予定通り続けて結構」

望が「はい？」と上げた声と、佐々目の声が被った。季里は荒く息をつきながら、呆然と入江の顔を見ている。

「予定通り、って、メニューは変更してますよ？」

生徒に代わって入江に尋ねると、ふっ、と、軽く笑われた。

「ハンバーガーですから、組み立てればできるでしょう。それを」

教壇の上のトレイを振り返った。同じように振り返った生徒たちも、張り詰めた空気を忘れて「ああ……」と納得の声を上げた。バンズにハンバーグとサラダの野菜を挟めば出来上がりだ。

「さあ、皆さんは配膳を。時間がありません」

入江は生徒に呼びかけ、次いで先生たちを目で促す。そういえば、先生たちは誰も助けに入らなかった、と気づいた。まさか、と、入江に向くと、季里に握りしめられて赤くなった手首を、そっと季里に伸ばしたところだ。

「今ので、いいんですよ」

とんとん、とあやすように、入江の手が季里の腕を叩く。「今ので……?」と、季里が戸惑ったように聞き返す。

「あなたは、声を上げてもいいんです」

入江の口元だけが、優しくほころぶ。

「怒りたければ怒りなさい。言いたいことがあれば言いなさい。今のように」

念を押すように、入江が季里の腕を握る。

「もう、お腹にためるのは止めなさい」

季里は呆然と立ち尽くしたままだ。さあ、と、促され、望が季里の肩を抱いて、教壇へと歩いていく。こちらへ、と低い声で促され、入江に続いて毛利と廊下に出た。

「……入江先生は、このために中止と……?」

毛利に問われ、入江が深々と頭を下げる。

「給食室の皆様には、お騒がせをして申し訳ありません」

スカートのポケットから出したものを、入江がそっと佐々目と毛利に見せる。毛利が息を呑んだ。

シワの寄った、ノートの切れ端だ。端が、小さく破れている。噛みちぎったように。

「急がなければなりませんでした」

入江の言葉で、おおよそを察した。悪化する一方の異食症を食い止めようと、こんな念の入ったことを考えたのだろう。入江の口元が苦い笑いを浮かべる。

「学校という限定された空間で、ずっと隠してきた素を出すということは、とても勇気がいることです」

消えろ、とばかりに、入江が手の紙をくしゃりと握り潰す。

「怒りは、力です。閉ざした心の中で、唯一、火がつき、殻を破ることができるものです。それには、相応の火種がいりますから」

一礼し、入江がランチルームに戻っていく。

「……かないませんね……」

隣の毛利に告げると、「ねえ」と苦笑いしている。聖女のくせに、とんでもない策士だ。

ランチルームの中では、望たちが歌うバースデーソングが響き始めた。前の方の席で、嬉しそうにそれを聞いている季里の顔が見える。口元にはもう、どの指もない。

「ありがとうございます」

季里の口の動きに合わせて、イタコチワワがそっと再現した。

「ごきげんよう」

「ごきげんよう」

吹き抜けのガラス越しに差し込む、朝陽が反射するように、少女たちの声が正面玄関に飛び交っている。

おかしいな、と、また目で探す。聞き慣れた声がしたのに、見慣れた長い髪は見あたらない。

「ささめ」

振り返ると、女の子が駆け寄ってくる。季里だ、と、気づくまでに、一瞬間があった。

「……感じ、変わったね」

女の子の見た目についてなので、控えめに言ってみた。

「変えた！」

季里のまっすぐな長い髪が、立ち止まった勢いでさらりと揺れる。行き交う生徒たちも、驚いたように季里を見ていく。

「お姉さま、一体どうされたの？」

季里を囲んだ青リボン。二年生のグループが、つつき合いながら勇気を振り絞ったように話しかける。

「似合うでしょ？」

そう答えただけで、また季里は佐々目に向く。二年生たちが戸惑ったように顔を見合わせる。

昨日のバースデー事件をきっかけに、季里は髪を編んでウェーブをつけるのを止めたのだ。指も、もう口元でかじっていない。

「何かがね、砕けた感じ」

季里が胸を押さえてみせる。嬉しくてたまらない、というように瞳が輝いている。

「人前で、あんなに怒ったの、私、初めてだから。冷静になって、どうしよう、って思った。何も考えずに、崖から飛び降りちゃった感じ。でも」

まっすぐな長い髪を、季里が手ですくってみせる。

「私、本当はこうなりたかったんだ。みんなに好かれるために、毎晩毎晩、義務みたいに髪の毛編んで、ほんと、どうかしてた」

ストレートな髪の季里は、他の生徒たちに、今にも溶け込んでしまいそうだ。「キリ」「キリちゃん」「お姉さま」と、通り過ぎる生徒たちが、季里を見ては目を見張る。微笑みだけを返して、生徒の流れに背を向けた季里は、両手を後ろで組んで佐々目を見上げた。

「ありがとう、心配してくれて」

キリ、と、駆け寄ってきた望と腕を組み、季里は階段を駆け上がっていく。

——楽になったんだな。

さらりと揺れる長い髪が、風を起こし、佐々目の胸を揺らした気がした。胸にわだかまっていたものが散っていく。その下に隠れていたものに、ようやく気づいた。

「食育授業の日のメニュー、あと少し、待ってもらえますか？」

給食室に戻り、トラックで食材とともにやってきた柳井を、配膳室に連れていって頼んだ。食育授業まで日が迫っている。ホテルでの下ごしらえのこともあり、今日明日にでもメニューを正式決定しなければならない。

「柔らかいメニューでいくんじゃないの？」

柳井が戸惑ったように問い返す。一応、そのつもりで伝えてはいた。

「やっぱり、ホテル給食として、直球勝負をしたいんです」

生徒受けよりも、栄養や味、食の大切さを。正統派の給食を、生徒たちに出したい。

自分に嘘をついても、いつか、そのツケは回ってくる。だったら、恐れずに勝負するしかない。自分の殻を破った季里を見て、ようやく、そう心が決まったのだ。

「責任は、俺が取ります」

柳井に頭を下げた。

結論を絞り出すように、配食ワゴンに手を掛けた柳井が、上体を揺すっている。ようやく口を開いたのは、長い間があってからだった。

「一日。明日の夕方までに、絶対イケるメニューのアイデアが出たら採用」

公家顔が肩をすくめる。「ありがとうございます！」と頭を下げると、「イケるメニューだったらだよ」と念押しされた。外から七波が「柳井さーん」と呼びかける。「お疲れ」と柳井が外で待つトラックへと、通用口に向かう。

「そういうことですか」

背後で声がして体が跳ね上がった。

並んだワゴンの向こうで、毛利が唇を噛みしめ、佐々目をじっと見つめている。「いたんですか!?」と叫ぶ佐々目に、つかつかと歩み寄る。

「僕を、裏切ろうとしてたんですね」

上目遣いで毛利が睨む。噛みつかれそうで一歩、二歩と後ずさる。

「給食を。食育を。生徒たちを。僕を」

「裏切ってません」

慌てて弁解する佐々目を、毛利が「聞いたのに」と遮る。

「僕に隠してたじゃないですか」

毛利が給食室を出ていく。痩せたその後ろ姿が、悲しげに廊下を遠ざかる。「毛利さん」と追って飛び出した。休憩室に入った毛利が、冷たくドアを閉ざす。

——僕の正義は、給食です。

研修の半ばで、毛利が言った言葉が頭に蘇る。取り返しのつかないことをしてしまったと唇を嚙んだ。

いてくれますように、と、礼法室をそっと覗くと、まっすぐな長い髪が見えた。玄関で、季里がシスター入江に右手の親指を差し出している。入江が、いつか見たショッキングピンクのミニバサミで白いテープを切り、季里の指に巻いてやっている。

視線を上げた入江が佐々目に気づき「ごきげんよう」と小さく会釈をした。振り返った季里が、左手で右親指を握ってテープを馴染ませながら「ささめ」と声を上げ、慌てて「さん」と付け加えた。「ありがとうございました」と入江に向き直って一礼し、「ごきげんよう」と元気に出ていく。

「……まだ、テープを巻いてあげてるんですか？」

「物事は、すぐには変わりませんから」

季里が出ていった方へと向いたままの、入江の表情がわずかに陰る。

「少しでも、支えになればと」

落ち着いた声が「何か？」と佐々目に問いかける。心を決めて、切り出した。

「生徒のためになる給食を、食育授業で作りたいんです」

もっと早く、こうするべきだったのだ。白蘭生え抜きで、生徒のことを誰よりも知り抜いている入江に、教えを乞うべきだった。「助言をください」と頭を下げた。

毛利を傷つけてしまった分、食育授業を成功させなければならない。時間もない。入江の視線を、下げた頭の辺りに感じる。

「お時間、ありますかしら」

顔を上げると、聖女が優しく微笑んでいる。食育授業を控えて、ホテルの夜のシフトは外されている。「あります！」と答え、入江について礼法室を出た。

連れていかれたのは、本館にある事務室だ。「少しお待ちになって」と、入江だけが中に入っていく。身をかがめ、受付の小窓から中を覗くと、入江が年配の女性事務員に、何事か話している。

「お待たせしました」

中へ、というように、入江が手で促す。事務室に入ると、事務員が佐々目に「すみませんねえ」と笑顔を向け、紙の束を差し出した。『白蘭女子学院小学校　合唱クラブコンサート』と印刷してある。

「何ですか、これ？」

「あら、ビラを配ってくださるんでしょう？」

あそこでね、と、事務員が窓口越しに、先生や生徒が行き交う本館ロビーを指で示す。

「いえ」と振り返ると、聖女はもういない。窓口の向こう、佐々目に楚々と会釈して、さっさと去っていく入江が見えた。

やってらんねえ、と、手にした紙の束を下ろした。大きく伸びをして体をほぐした。

下校時刻が迫り、人通りも絶えてきた。おまけに、体育館から部活動を終えて戻ってくる生徒たちも、階上からエレベーターで降りてきて中学校舎、高校校舎へと分かれていく生徒たちも、くす、ふふ、うふふ、と、笑うだけで冷たく通り過ぎていく。まともにビラを受け取ってくれる子は、ほとんどいない。

入江め、と、中学校舎に続く通路を睨んだ。その彼方、突き当たりの給食室を見ると、涙が出そうになってきた。自分の店を持つという、夢に向かって突き進んでいるはずが、なぜお嬢様学校でビラを配っているのだろう。

俺も真剣に神頼みでもしようかと、通路のすぐ向こうを歩いてきた生徒を見ながら考えた。いつか、季里が入江と語り合っていた、祈禱室に入っていったからだ。

——結構、多いな？

気がつくと、ビラを配る振りをしながら、祈禱室から目が離せなくなっていた。

正面玄関から下校するときに、ついでに寄るのか、スクールバッグを手に、生徒がぽつり、ぽつりと祈禱室に入り、しばらくしてから出てくる。奥の壁に十字架があるだけの、窓のない薄暗い内部を思い出す。

「佐々目さん、何やってるんですか？」

振り返ると、白衣の七波がエレベーターから降りて、佐々目へと歩いてくる。来月のメニューを、理事長室で検討していたという。祈禱室を指で示し、出入りする少女たちのことを話した。

「あの子なんて、十分くらいいたし」

マフラーを巻く季節なのが幸いして、そこそこ生徒の見分けがつく。ベージュでフリンジの長いマフラーを巻いた少女は、十分近くも何を祈っていたのだろう。

「願い事じゃないですか？」

長い打ち合わせで疲れたと、七波が伸びをしながら、「神頼みとか」と付け加える。

「お嬢様が？」

親か爺やに頼めば何でもしてもらえそう、と思っていたので意外だ。

「中学時代なんて、神頼みしたいことばっかりですよ。自分の力でできることなんて、そうないし？　お嬢様だって同じ、もしかしたら庶民以上かも」

そういうものか、と祈禱室をまた見た。毛利の目を盗んで読んだ、女子中学生雑誌『リコラ』でも、「おまじない」のページを見た記憶がある。

週明けの朝も、休憩室の窓から、庭園に静かに佇むマリア像にオレンジ色のバラを捧げる生徒を見かけた。そういえばマリア像にはいつも、新鮮な花が捧げてある。これまた長々と祈りを捧げた少女に、薄紅色のアルストロメリアを手に訪れた入江が優しく話しかける。少女が堰を切ったように、入江に訴えかけている。

――入江も、生徒にとっては祈禱室みたいなものか。

みんな、何かを願っている。七波の言う通り、ままならない現実と戦っている。あと数日と迫った、最後の食育授業の新たなヒントが、ようやく摑めた。

る。

——なんで？

意外な光景に、配食ワゴンのハンドルに掛けた手のひらが、ずるりと滑りそうになった。何だあれ、と、来合わせた毛利に目で問いかけると、子犬顔も目を疑うように眉を寄せている。

食育授業のヒント「みんなの願い」は何か聞こうと、配食の時間、勢い込んで三階廊下にやってきた。季里と望に会うためだ。数メートル先、教室の出入り口付近で、望が「季里」と呼びかけながら、グレーの腕を摑んでいる。

「……中園さん？」

呼びかけるのをためらうほど、変わり果てた顔が、望の腕を乱暴に振り払って佐々目たちに向く。顔は半分以上が白いマスクで覆われ、目には黒い太縁の大きなメガネを掛けている。長い髪と抜群のスタイルがなかったら、とても季里には見えない。「ねえこれ！」と、佐々目たちに気づいた望が、目で季里を示す。

「変だよね、絶対!?」

望が佐々目たちに向かってさらに声を上げ、季里のメガネを取る。「やめて」と季里が奪い返そうと手を伸ばし、もみ合いになった。

周りの三年生たちは驚き、あるいは冷やかに二人を見ている。いやあ、と声を上げたのは、縦割り給食のために階下から三階にやってきた、一年生と二年生だ。「みんなが見てるから」と、ワゴンから離れられない佐々目の代わりに、毛利が二人を引き離しに駆け寄る。「何してるの!?」と、教室からは担任の先生が出てきた。すかさず配食ワゴンを押し付け、季里たちの傍に駆け寄った。

季里が望に何か言い捨て、佐々目の傍をすり抜けていく。階段を足早に下りていく。「待って」と駆け下り、二階の踊り場で季里を捕まえた。

「どうしちゃったの?」

尋ねると、マスクの上から覗く瞳が、佐々目の胸の辺りをじっと見据えた。

「……みんな、こっちの方が好きなの」

細い指が、顔の横の長い髪を、くるくると指で巻いてみせる。

毎晩の三つ編みで、ウェーブをつけていたときのことを言っているのだ。季里が誰からも愛される「神」でいたころを。

「どうして、とか、なんで、とか、ずっと、学校中の子から言われっぱなしで……」

我慢していたのだろう。声が震えている。

「キリちゃんは、優しかったのに、明るかったのに、いいキャラだったのに、って……。そんなのキリちゃんじゃない、って。ずっと、責められて。私は、にこにこしてなきゃダメなの⁉　本当の私じゃダメなの⁉」

「……みんな、ちょっとびっくりしちゃっただけで」

「望だって、私の気持ち知ってるはずなのに、言うの！」

涙の浮かんだ目が、きっと佐々目を見上げて遮る。

「もうちょっと、周りのことも考えようよ、って」

また無意識に、季里が親指を口元に寄せるのを見て、背筋がぞっとした。

ダメ、と手を伸ばすより先に、マスクで遮られた親指が消えた。季里の手が拳を握って親指を隠したのだ。

――戦ってるんだ、この子も。

「……保健室で、寝てくる」

ごめん、と、うつむき、季里が階段を駆け下りていくのを、なす術もなく見送った。

「無事に解決したと思ったのに」

低い声に振り返ると、毛利が望を連れて追ってきたところだ。

「キリが変わったのは望のせいだ、とか言ってる子もいるし」

望はうつむきながら、手にした季里のメガネのつるをつまんで、所在なげに揺らしている。

「私の前では、いくら変わってもいいから、周りとは上手くやって、って季里に言っただけなの。じゃないと、白蘭ではやってけない、って」

大人びた顔が、幼児のように膨れ、泣きそうだ。

イメージチェンジはそんなに難しいものなのか、と、放課後、「大きいお姉さま」たちの意見を伺いに保健室に向かった。季里は結局、頭が痛いからと早退したという。

「キャラ変えは難しいわね、白蘭では……」

井住先生が、季里が寝たあとのベッドシーツを剝がしながら、遠い昔を思い出すように宙を見る。そうそう、と、保健室のテーブルを借りて書類整理をしていた沼間先生が、立っている佐々目たちを見上げる。

「だって、中三っていえば、幼稚園から十年以上一緒にいて。全員顔見知りで。まして、中園季里って『神』でしょ？　みんな、『神』がいなくなったらいやよ」

「普通の生徒でも、たまにいるの。変わる自分と変わらない周りとのギャップに苦しんで、学校に来なくなったり、転校したりする子」

中学時代はねー、と、沼間先生と井住先生が顔を見合わせる。っていうか、と、沼間先生が独り言のように言う。

「幸せいっぱいの中学生なんて、この白蘭に何人いるのかしら」

ねえ、と、井住先生が受ける。この二人が中学生だったころの姿が、見たこともないのに一瞬、ぼんやりと脳裏に浮かんだ。


「励まし、って、いいと思うんです」

ホテルの食堂で、運んできた無料のコーヒーを、柳井の前に置いた。

夕方、ディナーの前の休憩室は、遅いチェックアウトで疲れ切って口もきけないメイドたち、ディナーでの生演奏を控えたミュージシャン、夜のウェディングを控えたカメラマン、そして、早番を終えたホテルの人々で賑わっている。翌日の給食の打ち合わせを終えた柳井に切り出したところだ。

「メニューも、メインはステーキですから。肉って、力がつく食材じゃないですか。力づける、ってコンセプトで盛り付けとか考えて、ドーンと出しましょう。栄養指導も、そっちのコンセプトでいくように、毛利先生に頼みます」

柳井は、佐々目が出したメニューのスケッチを見つめている。

「いいね」

目を上げた、と思ったら、スケッチをすっと押し返した。

「励まし。そのコンセプトも含めて、柔らかメニューでいく」

意味がわからず「はい？」と聞き返した。

「何度もやったよね。ドレスコードだっけ？　変わり給食や、野菜の器、マナー教室の食べやすい給食、生徒給食も。でも、どれも微減にしかならなかった」

それを言われると返す言葉がない。

「柔らかメニューでいくから。ローストビーフ、カットのサービスも入れたら華やかになるし。薄く切れば食べやすい。他も、テリーヌやマッシュで。これ、っていう決め手がない以上、安全策でいく」

飲み干したコーヒーのコップを、とん、と柳井が置く。

「私情を挟まないのがプロだよ、宗ちゃん」

——終わった。

翌朝早く、給食室へと廊下をとぼとぼ歩きながら、ため息をついた。

自分の意思ではないとはいえ、毛利を裏切る。それでも確実に成功するとは限らない。柳井の言う通り、決定的なアイデアは何もないのだ。一晩考えても、目新しいアイデアは何も出てこない。

何もかも失う日は近い。やっと手に入れたホテルの仕事。そして、子犬顔の相棒も。

メガネとマスクで自分を消そうとした季里と、自分の気配を消してみせる毛利が今、重なって見える。毛利がコンプレックスを乗り越えようと意固地になるのは、季里のように、自分の居場所を見出せずにいるからかもしれない、と。

——毛利さん⁉

給食室のドアの向こうに人影が見える。何か言われたらどうしよう、と身がすくむ。やけくそになってドアを開けた。小畑校長の老けた童顔が「おお」と声を上げる。毛利ではなかった、と、ほっとした。

「いえね、どうですか？　例の、食育授業」

答えが思いつかず黙っていると「いけません」と、力強く声を掛けられた。

「そんな弱気でどうするんですか。万が一、自由食に戻っちゃったりしたら」

給食は自由食と違い、ランチメイト症候群も金銭トラブルも荷物の負担もなくなる、と、小畑校長が給食を歓迎していたことを思い出した。心配して、様子を見に来てくれたらしい。

「毛利先生も仰ってたじゃないですか、栄養バランスのいい給食を食べると、中学生のメンタルは安定すると」

はあ、と、応えることしかできない。

「できることがあれば協力しますから。まあね、私はね、女の先生たちには、ちょっとあれだけど。まあ、生徒も女子ばっかりだからね、ちょっと、あれだけど」

何だったら協力してくれるんですか、と、心の中で言い返した。「私にできることがあれば言ってください」と、小畑校長が立ち上がる。その手を摑んだ。

――これだ。

頭の中で散らばっていた欠片《かけら》が、パズルのように組み合わさる。

校長に礼を言うのもそこそこに、保健室へと走った。井住先生が「どうしたの？」とデスクで顔を上げる。消毒液を注いでいた沼間先生が「あらこわい」と、息急き切った佐々目の顔を見る。

「お二人に、協力してもらいたいことがあるんです」

沼間先生、井住先生、と顔を見た。「あらあ」と、沼間先生が井住先生に向く。

「同じことを言われたわよ」

「同じこと？」

「ええ」

うわっ、と飛び退いた。いつのまにか忍者チワワが、すぐ横に立っている。

「僕も、お二人に食育授業への協力をお願いしていたところです。入江先生の言う『揺るぎない基盤』を作るために」

「……怒ってたんじゃないですか？」

小さく毛利に聞くと「それはそれですよ」と子犬顔が肩をすくめた。

「佐々目さん、自分の居場所に戻れるかどうかの瀬戸際でしょう」

急ぎましょう、と毛利がまた、沼間先生たちに向く。慌てて調理服のポケットに入れておいた、メニュー案のスケッチを取り出した。

5

シルバーのトレイにのっている皿を見て、教壇を囲んだ給食当番の生徒たちが「ええ？」と目を見張った。その声を聞きつけて、ランチルームの後方から、見学に訪れた小学校や高校の先生たち、そして、徳川学院長、川鍋理事長が教壇へと集まってくる。

「……ずいぶん、シンプルですね？」

立冬も過ぎたというのに、まだ額ににじむ汗をハンカチで押さえながら、川鍋理事長がメタルカバーを取った佐々目と、隣に立つ毛利に向く。今日が研修最後の食育授業なのに、と怪訝なのだろう。「中身は盛りだくさんです」と、毛利がにこやかに答え、次々と入ってくる三年生たちに「ごきげんよう！」と声を掛ける。

ぶすっと口を引き結んだ望も入ってくる。そして、給食が始まる時刻ギリギリになって、季里も一人でランチルームにやってきた。今日もメガネとマスクをつけ、まっすぐな髪をなびかせて、誰とも口をきかずに席に直行する。季里に、望に、そして、ランチルームを埋めた三年生たちに、心の中で告げた。

――お前ら、口開けて待ってろ。

いつもより遥かに簡単な盛り付けが終わり、トレイが全席に行き渡ったのを目で確かめた。入江の先導で食前の祈りを捧げたあと、佐々目はメニューの説明をするために、教壇のマイクに向かった。今日の食育授業は校内放送で、一年、二年の教室にも流される。

「これは、人生サンドイッチです」

奇妙な名前に、生徒たちの間から、くすり、と笑いが起きた。

トレイの上の大皿にのっているのは、オープンサンドだ。一番上がパン、その下にサラダ、その下に、かりっと焼いた薄い金目鯛のソテー。一番下はフィレステーキだ。崩れないよう、ステンレスのピックを真ん中に刺してまとめている。毛利と二人で考えたものだ。教わったことを、思い出しながら続けた。

「実は、食べ物の消化は、とても体力を使います。疲れると食欲が落ちるのは、そのせいです」

改めて、サンドイッチを手で示す。

「このサンドイッチの一番下、肉が一番重く、一番消化に体力を使います。次に、魚。そして、野菜。繊維を消化するのにも疲れてくると、一番上のパン。それも、キツくなったら」

目の前のトレイの、大皿の横を示す。トマトスープのボウル、そして、水を入れたグラスが並んでいる。

「嚙まずに食べられるスープ。それすらもダメになったら、喉を通るのは水だけ」

ほう、と、感心したような声が、生徒たちの間から上がる。別々の食卓に座った季里と望も、それぞれ、トレイに見入っている。

「食べることは、生きることと同じです」

生徒たちを見渡し、そして続けた。

「体力があれば、強ければ、肉のようにがっつりしたものも消化できる。がっつりした、喜び、そして、悲しみも。反対に弱っていると、喉を通らない。喉につかえて苦しい、消化できなくて苦しい。でも、そんなとき、人には強い助けがあります」

グラスの横の、デザートボウルを示した。鮮やかな黄色の小さな塊は、一口大にカットしたパパイヤだ。

「もしも、力が尽きていて、それでも、がっつりした肉を消化しなければならないときがあったら。パパイヤを一緒に食べると、酵素が、消化を助けてくれます」

季里へと目を向けた。メガネの奥、光を失った瞳へと語りかけた。

「パパイヤは、人生における友だちです。友だちがいれば、辛いことを消化する助けになる。肉のようにがっつりした、苦しみや悲しみも」

視線を移すと、望が唇を引き結んで佐々目を見ている。

「たとえ消化するのに時間はかかっても、友だちがいれば、どんなことも消化できる。強くなれます。これからパパイヤを見たら、そのことを思い出してください」

生徒たちを見渡し、「どうぞ召し上がれ」と締めくくった。「いただきます」と唱和して食べ始める生徒たちを見届け、毛利と交代して教壇を降りた。「友だちだけではありません」と、毛利がマイクの前で、佐々目の言葉を引き継ぐ。

「皆さんの消化を助けるパパイヤになってくれる人は、たくさんいます。家族の皆さん、見守ってくれる、すべての人。この学校にも、たくさんいます」

毛利が横へと合図する。控えていた沼間先生、井住先生、そして、七波が生徒たちに会釈する。

「そして、今日の食育授業のテーマは『逆引き』です」

生徒へ、そして後方で見守る入江や他の先生たちに、毛利が告げる。

「皆さん、今、何か願っていることはありますか？　言ってみて」

誰も、何も言わない。沼間先生が、前列に座っている生徒の一人に「あなたは？」と尋ねてくれる。「痩せたいです」と、ふくよかな体型の少女が小さな声で答える。

「痩せたいなら、お肉を食べましょう」

すかさず七波が告げ、生徒たちが「ええ？」と声を上げる。

「赤身の肉には、カルニチンという、脂肪を燃やす成分が入っています。ＣＭで見たことない？『痩せたい方のための、脂肪を燃やすサプリ、カルニチン！』って」

ＣＭの真似なのか、七波が両腕を突き上げ、力強くポーズを取る。あちこちで生徒が、うなずくのが見える。「このステーキよね」と沼間先生が、生徒のトレイを示す。

「こんな風にオーブンで焼いてあれば、脂も減ってるのよ」

「よく噛んで食べれば、内臓にも負担を掛けないから、もっと効果が高いです」

沼間先生に続いて、井住先生も生徒たちに語りかける。毛利が、三人を手で示す。

「沼間先生は家庭科、井住先生は保健室の先生。料理や健康についてのプロです。そして、給食室の七波さんは栄養士。栄養のプロです。何か、聞いてみて」

また沼間先生が、生徒の一人を促してくれる。きゃしゃな体型の生徒が「頭がよくなりたいです」と小さく答える。

「不飽和脂肪酸。今日の給食だったら、その金目鯛のソテー」

七波が即答し、サンドイッチの中のソテーを示す。見入る生徒たちの間から、風のうなりが湧き起こる。毛利が、生徒たちに向き直った。

「先生たちの力を借りて、自分が食べたいものを探してみましょう。いいメニューがあったら、シェフの柳井さんが今度、給食で作ってくれます」

後方入り口のそばで見守っていた柳井が、紹介されて生徒たちに会釈する。

生徒たちが食べながら、「願い事」を話し合う。沼間先生、井住先生、そして七波が席を周り、生徒たちの質問を受ける。見ると望は、話しかける七波に、ぶっきらぼうに応えている。季里は、沼間先生と話す生徒たちをよそに、一人、スープカップをぼんやりかき回している。パパイヤの話が少しでも心に届いているように、と、佐々目は心の中で祈った。

「願い事から逆引きして栄養を教えるというわけですね」

佐々目の傍に来た入江が、先生たちへと目を向ける。「そうです」と教壇を降りた毛利が応え、先生たちに加わるために、食卓へと歩いていく。「ニキビを消したい」「顔をすっきりさせたい」等々、次第に盛り上がり、声のトーンが上がっていく生徒たちの中へと、佐々目も毛利を追って入っていった。

──嘘⁉

残菜を入れた容器の下、秤のデジタル表示を二度見した。

食育授業を終え、休憩室で手早く昼食をとってから、下膳に回り、集めた残菜を計量し始めたところだ。毛利は食育授業のあと、学校側の懇談会に行っているので、一人でだ。「何、何？」と、皿を片付けていた七波と、明日の調味料を用意していた柳井が寄ってくる。

「……また、微減」

全身の力が抜けた。「人生サンドイッチ」は食べるのも簡単で、生徒に訴えかけるテーマもある。内心、かなり自信を持っていたのに、結局また、残菜率は微減にしかならなかった。

「盛り上がりすぎたかなー、食育授業が」

七波が肩をすくめる。「逆引き」食育授業には、これまでになく生徒が乗ってくれた。あなりたい、こうなりたいと、最後の方は生徒が自分から口を開いてくれるようになった。

「喋りすぎて食べるのを忘れたとか？」と、七波が悲しいことを言う。

「あと何日か、チャンスがあればな……」

柳井が調味料の用意へと戻っていく。何も言えず、残菜を記録するためのボールペンを握りしめた。一言も責められないことが、逆に辛い。残菜の容器へと向き直った。「人生サンドイッチ」の残骸を見ていると、弱気になってくる。言われた通り、生徒受けを一番に考えればよかったのかもしれない。

「……礼拝堂に行ってきます」

秤の数字を用紙に書きなぐり、クリップボードを置いて給食室から駆け出した。「宗ちゃん!?」と柳井が声を上げるのも構わず、廊下を走った。本館に駆け込み、ロビーのエレベーターに乗り込んで五階のボタンを押す。着くのが待ちきれずに足が小さくステップを踏む。

到着したエレベーターの扉を割るように飛び出した。礼拝堂の手前で止まり、呼吸を整えた。中から、聖女の声が小さく聞こえてくる。

今、礼拝堂では、投票を前に全体礼拝が行われている。生徒たちに訴えかけるなら、最後のチャンスだ。何を話そうかと考えながら、音がしないように扉を小さく開け、中を覗いた。

以前、シスター入江に呼ばれて現実を突きつけられたときと同じく、今日もグレーの背中が整然と並んでいる。その向こう、教壇で語る入江が視線を小さく上げた。佐々目に気づいたのだ。

「皆さんに、この場で聞きたいことがあります」

話を一段落させた入江が、生徒たちを見渡す。この間と同じだな、と思った瞬間、全身が強張った。察した通り、入江が「目を閉じてください」と続ける。

「今日の食育授業を受けて、質問します。これからも、ホテル給食を食べたい方は、手を上げてください」

生徒たちが目を閉じたのを確認して、入江が佐々目へと向く。距離があっても、その口元が挑むような笑みをたたえているのが分かる。気づくと扉の取っ手を握りしめていた。目の前に広がるグレーの海を凝視した。

ぽつり、ぽつりと手が上がる。今までは、確か生徒の二割だったはずだ。それすらも切っていないかと、不安で手のひらに汗がにじむ。雨垂れのような不規則なリズムで、ぽつり、ぽつり、とグレーの腕と白い手が上がる。二割を超えても、さらに上がる。息を詰め、もっと、もっとと念じ続ける。

――頼む。

半数に迫り始めたところで、リズムが間延びし始めた。そして、途切れ、ついに途絶えた。

「分かりました」

グレーの腕たちの間から、入江が穏やかに告げる。

「半数、超えたかもしれません」

ささやき声に、びくりと振り返った。いつのまにか毛利が、佐々目の後ろから礼拝堂を覗いている。

改めて、グレーの海を見た。正確な数は分からないが、半数は超えているように見える。前回の二割から、ホテル給食を望む生徒を三割増やしたのだ。

「残菜率は、ほぼ変わらなかったのに？」

扉から離れ、毛利に問いかけた。改めて考えると混乱してくる。また、生徒の気まぐれではないかとさえ思える。佐々目と同じく「最後のお願い」をしに来たという毛利が、佐々目を見上げる。

「もしかしたら、生徒たちは見てくれたのかもしれません。ホテル給食の可能性を」

毛利の推測は当っていた。

「髪の毛が痛んでいるので、きれいにしたいです」

「最近、気持ちが落ちつかないので、食べもので何とかなりませんか？」

翌日のランチルームでは、二年生たちが待ってましたとばかりに、指導の沼間先生や井住先生、そしてランチルームのメンバーとなった七波に質問を繰り出した。「タンパク質をちゃんととって」「刺激物を少し控えたら？」などと、七波たちが答えていく。様子を見に来た佐々目と毛利を気にしてか、声を小さくしてのやり取りも、あちこちで見かける。女同士の会話を邪魔しないように、そっと毛利とランチルームを出た。

——強くなるために。

あの食育授業で訴えたことを、受け止めてくれた生徒はたくさんいる。一番伝えたかった、二人も。

仕事を終えた放課後、毛利と校長室に向かう途中で足を止めた。帰りがけの季里が、階段を降りてくる。顔を隠していたまっすぐな長い髪が、声を掛けるとさらりと横に流れた。振り返った季里の顔からは、太縁のメガネもマスクも消えている。ファニーフェイスの口元だけが、精一杯の小さい笑みを浮かべた。

「……もうちょっと、頑張ってみる」

挨拶代わりに小さく肩をすくめ、季里が佐々目たちに背を向けて歩き出す。正面玄関前、ミーティングコーナーのベンチで立ち上がったのは、帰りがけの望だ。こちらを向いた望が、胸元に上げた右手で小さく拳を握ってみせる。私も頑張る、というように。

「何だか、たくさん種をまいたような気分です」

並んでシューズボックスの合間に消えていく、二つの小さなグレーの背中を見送りながら、隣の毛利に言った。

「給食だから、一度にたくさんの種をまけるんですよ」

腕時計を見た毛利が、「急ぎましょう」と早足で歩き出す。

「一年生も保健室に来たのよ」

校長室に入るなり、テーブルから沼間先生が佐々目たちへと声を上げた。「食べもののことを聞きたいって」と、隣の井住先生が嬉しそうに付け加える。居並ぶ柳井や七波、小畑校長が二人の話に聞き入る傍らで、入江が静かに紅茶を淹れている。

今日で研修を終え、白蘭中を去る毛利のために、アフタヌーンティーを催すと校長から声が掛かった。メンバーは給食室の四人と沼間先生、井住先生、そして、小畑校長と入江だ。八人で囲んだテーブルの上には、贅沢にクリームやバターを使ったケーキやスコーン、ティーサンドイッチが並び、香り高い紅茶も、かなり上質なものだ。さすがお嬢様学校、と感心しながら、給食室のメンバーと、小畑校長に招待の礼を言った。

「こちらこそ、感謝しています。先日の食育授業、理事長や学院長にも褒められましてね。私も鼻が高いです」

童顔をほころばせる小畑校長に、柳井が「できれば今後も……」と冗談めかして言いながら、キュウリのサンドイッチを取り分ける。生徒の投票結果は理事長のもとに届けられ、数日後に理事会が結論を出すという。ホテル・マイヤーズ東京のホテル給食を、来年も継続するか、今年度限りで終わりにするか。

「でも、終わったとしても、来年の三月まではここで給食を作りますし、その間は私、食育授業に参加したいです」

校長に向いた七波が、スコーンにクリームをのせる手を止める。

「なんか、半年いても生徒さんのこと、よく分からなかったんですけど、食事の話をした昨日、今日で、半年分以上のことが分かったっていうか。勉強になりますし、もっとコミュニケーションを取りたいです」

「食べものって、人そのものですものね」

ケーキと一緒にしみじみと思いを噛みしめる井住先生に、沼間先生が「いいわよね、逆引き」と同意する。

「家庭科のカリキュラムに沿って、それなりに栄養のことは教えてきましたけど、今回の食育授業で思いました。生徒たちの心を惹きつけるのは、自分から求めたものなんだ、って」

「じゃあ、いっぱい材料を生徒さんたちに出して、選んでもらうと」

七波の言葉に、井住先生が「材料なら学校だからいくらでもあるし」と応える。少し前まで「栄養士の子」「白とワンピース」と互いに呼んでいた三人が、食育のもとに、今やすっかり意気投合し、文学、美術、歴史、音楽と、楽しそうに並べ上げる。

「最近はバイキング給食で、食材の選び方を学ばせる学校も多いそうです。ウチのホテルのランチバイキングは、若い女性にすごく人気がありますよ」

柳井の売り込みに、「生徒受けがよさそうですねえ」と小畑校長が相好を崩した。やり手のエリートと、女の園で孤独な校長も意気投合したようだ。それぞれ盛り上がっている五人から、斜め前の端に座った入江へと視線を移した。

――お子様ランチ。

入江の痛烈な批判から、八週間かけてようやくたどり着いた答えがここにある。

「私はこれで」と中座する入江を、毛利と一緒に立ち上がって追った。「お世話になりました」と一礼する毛利に、入江が「こちらこそ」と口元をほころばせた。

「食を育む、揺るぎない基盤ですね」

入江が毛利と佐々目に、身振りでテーブルを示す。廊下に出る入江を追いながら、毛利が応える。

「もっと早く作ればよかったです。食育の、『テーブル』を」

白蘭中の給食や食育に必要だったのは、気まぐれに繰り広げられるステージではない。いつでも生徒たちを待ち、受け入れるテーブル。悩みを聞き、知識を育み、人を力づけてくれるテーブル。それは、先生たちが一丸となって取り組む態勢だ。そう毛利が言うと、入江が小さく頭を下げた。

「ありがとうございます。白蘭にテーブルを作ってくださって」

礼法室へと踏み出した聖女が、足を止めて振り返った。

「食べることは生きること。テーブルは人を満たし、未来を与えてくれる場所ですから」

ごきげんよう、と入江が、斜め前の礼法室へと去っていくのを、毛利と見送った。木のスライドドアから中へと消えた、グレーの残像から目が離せずにいると、「未来」と、隣で小さい声がつぶやいた。

「佐々目さん、これ」

小さく呼んだ毛利が、礼法室に背を向け、ポケットから出した四つ折りの紙を差し出した。

「何ですか」と広げて見て、息を呑んだ。

「揺るぎない基盤、のヒントを探して、入江先生のことを検索したら見つけました」

毛利が小声で補足する。『家族の肖像』と題された、十年ほど前の雑誌記事だ。

ページの上半分を占めた写真の中で、ベールをつけていない聖女が幸せそうに微笑んでいる。一緒にテーブルを囲んでいるのは、夫、そして幼い娘だった。

6

まだですかー、と、キッチンから毛利が呼びかける。「まだです」と適当に答え、六角レンチでネジを回していく。

「ファストフードの食べ方を教えるなんて、さすがお嬢様学校ですね」

隣で由比先生が、えい、と段ボールの大きな平箱を畳み終え、ビールを一口飲む。毛利の研修お疲れさま会をやろうと、土曜の夜、佐々目の部屋に集まっている。今はまだ、準備の最中だ。六角レンチを置き、床に置いた赤ワインのグラスを取って一口飲んでから、由比先生に応えた。

「ファミレスに行ったことのない生徒もいましたよ」

嘘、と由比先生が声を上げる。八週間前の佐々目なら、同じくらい驚いただろう。人はどんなことにでも慣れるのだと実感する。

まだー、と、キッチンで毛利が吠える。時計を見て「まだです」と答え、再び六角レンチでネジを留めにかかる。あと一本のところまで来て手を休め、また赤ワインを一口飲んだとき、かしゃん、とキッチンで音がした。

「僕、疲れちゃった」

ふてくされた毛利が、キッチンから部屋に入ってくる。「焦げる!」と、グラスを置いて、慌ててキッチンへ走った。毛利が放り出した竹べらの傍、コンロの上の、ごく弱火にしたフライパンの中を覗く。薄切りにしたタマネギが、飴色の一歩手前まで炒まっている。炒め始めたところで毛利と由比先生が来たので、毛利に炒めさせていたのだ。

「これ、テーブルだったんですか？」

火を止め、焦げないようにタマネギをかき回して冷ましながら、部屋を覗いた。ウォッカトニックの缶を手に、毛利が逆さまに置いた、組み立て途中の木のテーブルを見ている。まだ、天板に脚が三本しかついていない。「仕上げてください」と説明書と六角レンチを示し、キッチンに戻った。

部屋で由比先生が「これですよ」と組み立てを教えているのを聞きながら、四角く切った冷凍ピザクラストの上に、炒めたタマネギを広げた。次に冷蔵庫からアンチョビのビンを出し、何枚かをタマネギの上に広げて置いた。次に、黒オリーブのパックを開け、適当にペティナイフで切りながら、アンチョビの上に散らし、天板をオーブンに入れてスイッチを押した。

「できましたよ」

部屋から由比先生に呼びかけられ、オリーブの残りと冷蔵庫から出したチーズを器に入れて運んだ。由比先生が完成したテーブルを、ウェットティッシュで拭いている。毛利は部屋の隅に重ねて置いておいた、セットの椅子を二脚運んでくる。

七十センチ角のテーブルと、椅子が二脚。人生で初めて買った、ダイニングセットだ。物入れを兼ねたスツールを合わせ、上にオリーブとチーズ、三人それぞれの酒を置いて食卓の出来上がりだ。毛利と由比先生を椅子に座らせ、佐々目はスツールに座った。

「佐々目さん、彼女でもできたとか？」

由比先生が含み笑いで、佐々目の顔を見上げる。「せっかく引っ越したんで」というのは建前だ。自分の家に、そして心にもテーブルを作ろうと決めて買った。いつでも誰かを迎えられるテーブルを。若竹小にいたときのように、毛利たちと笑い合えるテーブルを。

店を出そうと夢見ているくせに、心の中にテーブルがなかった。仕事に追われて失い、心までも失っていた。

「テーブルも置いたし、これからも、また食べに来てくださいよ」

照れくさいので、黒オリーブに向かって言った。

目を上げると、毛利が缶の縁をかじりながら、じっと佐々目を見ている。「それなら」と由比先生が声を上げ、席を立って持参のトートバッグへと向かう。

持ってきたのは、ウォッカのボトルだ。七百五十ミリリットルのボトルラベルには、「もうり」とペンで大きく書かれている。毛利が目を見張り、缶から口を離す。そういえば、この八週間、毛利が飲む酒はいつも、飲みきりサイズの缶かボトルのものばかりだった。

「キープしてもらえますか？　前みたいに」

由比先生が、佐々目と毛利を交互に見ながら笑う。

さすがだ、と由比先生を見た。毛利と佐々目の間の微妙な空気を、察してくれていたのだろう。「冷凍庫に入れておきます」と二人に告げて受け取った。

「……これも、お願いできますか？」

毛利が、傍らに置いていたバッグに手を突っ込んだ。取り出したのは、これもボトルだ。しかし、毛利が出したボトルは、由比先生が出したものの半分以下、三百ミリリットルの小さなものだ。ラベルには遠慮がちに「毛利」と小さく書かれている。

「……毛利先生、変なところ、遠慮しますよね」

手のひらにボトルをのせているうちに笑ってしまった。「悪いことばっかりするくせに」と冷やかすと、ふん、と毛利が佐々目を睨む。

「佐々目さん、何してるんですか？　ほら、いい匂いがしてるじゃないですか！　早く行かないといけないじゃないですか！」

照れ隠しなのか、またふてくされた毛利が、顎でキッチンを示す。はいはい、とキッチンに向かい、冷凍庫に二本のボトルを入れてから、オーブンを開けた。ピザ・ラディエールを出し、皿にのせてナイフと一緒に、部屋で待つテーブルに運んだ。

――大丈夫。

最後の食育授業から一週間後の夕方、ホテルの従業員エリアを歩きながら、来るなら来い、と帽子を被り直した。エレベーターの扉にぼんやり映った自分の顔を見て背筋を伸ばし、ついでに顎を上げ、窪が言うところの「くそ生意気そうな顔」を作った。

出勤した途端に呼ばれた会議室では、たぶん宴会部の面々が待っている。どんな結果を告げられるのか緊張はしても、もう怖くはない。

たとえ白蘭女子学院中学校との契約を切られ、そのせいでどこかに行かされても。あるいは白蘭中の給食室に残ることになっても。また自分のテーブルを出して、そこを自分の店にするだけだ。

会議室のドアを開けたら宴会部長が、佐々目の顔を見て「余裕だなあ」と笑う。椅子にふんぞり返った窪は、座ったままくるりと振り返って「おう」と手を上げる。ニヤリと笑った、その手の親指が天井へと上がった。

「宗、お帰り」

この作品は書き下ろしです。原稿枚数362枚（400字詰め）。

JASRAC　出1507247-604

幻冬舎文庫

●好評既刊
遠藤彩見
給食のおにいさん

コンクールで優勝するほどの腕をもちながら給食調理員として働くことになった宗。大人になりきれない料理人は給食で子供達を救えるか？　笑いと感動、そしてスパイスも効いた食育&青春小説。

●好評既刊
遠藤彩見
給食のおにいさん　進級

給食作りに反発しながらも、問題を抱える生徒を給食で助けたい！　と奮闘する宗。だがなぜか栄養士の毛利は「君は給食のお兄さんに向いてない」と言い……。待望の人気シリーズ最新刊！

●好評既刊
遠藤彩見
給食のおにいさん　卒業

「自分の店をもつ！」という夢に向かって歩き始めた宗だったが、空気の読めない新入職員の出現で調理場の雰囲気は最悪に……。給食のおにいさんは、調理場の大ピンチを救うことができるのか。

●最新刊
一色伸幸
幸せであるように

青森の高校教師・中島升美は修学旅行の引率中、片想いしていた先輩と再会する。観光バスの運転手になっていた彼の案内で巡る3泊4日の旅行中に、人生の大切な決断をする感動の連作長編。

●最新刊
内館牧子
見なかった見なかった

著者が、日常生活で覚える《怒り》と《不安》に対し真っ向勝負で挑み、喝破する。ストレスを抱えながらも懸命に生きる現代人へ、熱いエールをおくる、痛快エッセイ五十編。

幻冬舎文庫

●最新刊
女の庭
花房観音

恩師の葬式で再会した五人の女。「来年も五山の送り火で逢おう」と約束をする。五人五様の秘密を抱えた女たちは、変わらぬ街で変わらぬ顔をして再会できるのか。女の性と本音を描いた問題作。

●最新刊
世界は終わらない
益田ミリ

書店員の土田新二・32歳は1Kの自宅と職場を満員電車で行き来しながら今日もコツコツ働く。仕事、結婚、将来、一回きりの人生の幸せについて考えを巡らせる、ベストセラー四コマ漫画。

●最新刊
大事なことほど小声でささやく
森沢明夫

身長2メートル超のマッチョなオカマ・ゴンママが営むスナック。悩みに合わせたカクテルで客を励ますゴンママだが、ある日独りで生きることに不安を抱いてしまい――。笑って泣ける人情小説。

●最新刊
明日死ぬかもしれない自分、そしてあなたたち
山田詠美

誰もが、誰かの、かけがえのない大切な人。失ったものは、家族の一員であると同時に、幸福を留めるための重要なねじだった。絶望から再生した家族が語りだす、喪失から始まる愛惜の傑作長篇。

●最新刊
奥の奥の森の奥に、いる。
山田悠介

政府がひた隠す悪魔村。悪魔になることを運命づけられた少年と、悪魔を産むことを義務づけられた少女が、この悲劇の村から逃げ出した。悪魔化する体と戦いながら、少年は必死に少女を守る！

給食《きゅうしょく》のおにいさん　受験《じゅけん》

遠藤彩見《えんどうさえみ》

平成27年8月5日　初版発行
平成28年12月15日　4刷発行

発行人——石原正康
編集人——袖山満一子
発行所——株式会社幻冬舎
〒151-0051東京都渋谷区千駄ヶ谷4-9-7
電話　03(5411)6222(営業)
03(5411)6211(編集)
振替00120-8-767643
印刷・製本—株式会社　光邦
装丁者——高橋雅之

幻冬舎文庫

ISBN978-4-344-42369-5　C0193　え-9-4

幻冬舎ホームページアドレス　http://www.gentosha.co.jp/
この本に関するご意見・ご感想をメールでお寄せいただく場合は、
comment@gentosha.co.jpまで。